맛있으면 고고씽

가성비 최고의 밥도둑을 기획하는
식품 MD의 먹거리견문록

맛있으면 고고씽!

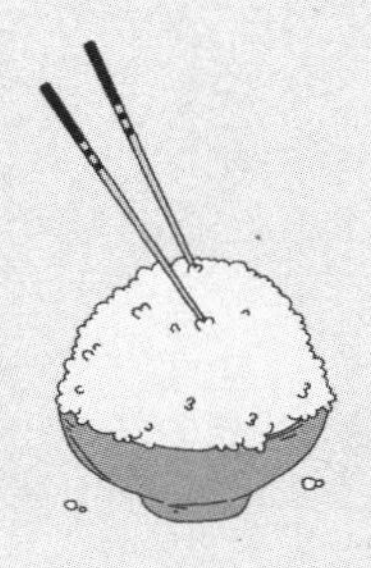

김진영 지음

오시

차례

3장. 식품 MD의 까칠한 미각

4장. 이 순간에도 온갖 먹거리와 돈 그리고 인생이 돌고 돈다

필연은 우연의 옷을 입고 나타난다[1]

27년째 식품 MD를 하고 있다. 몇 년 사이 MD라는 직업 외에 한 가지가 더 생겼다. '작가'다. 책을 냈고, 신문이나 잡지에 기고하고 있으니 간혹 작가라 부르는 이들도 있다. 참 낯간지러운 호칭, 몇 년 동안 듣고 있지만 여전히 적응이 안 된다. MD라 불러줄 때가 편하고 좋다.

사실, 하고 싶어서 MD의 길에 들어선 것은 아니다. '우연'이 몇 번 교차하고 보니 27년 차 MD가 되어 있다.

1980년대 대학 입시는 담임 교사가 찍어주는 대로 원

---

1 역사학자 E. H. 카(1892~1992)의 말

서를 썼다. 1학년 때 담임이 3학년에도 담임이었다. 고2 중간고사 성적은 700~800명 중에서 400등 후반. 참 공부를 안 했던 시절이었다. 그나마 고3이 되고 100등 이내로 진입했지만 싸지른 똥이 너무 거대했다. 1, 2학년 개판 친 성적을 3학년 한 해 동안 끌어 올린다고 했지만 '인서울'은 원서도 쓸 수 없는 상황이었다.

상담하는 담임이 꼭 짚어준 곳이 바로 중앙대 안성캠퍼스 식품가공학과(나중에 '식품공학과'로 과명 변경)였다. 담임이 상담 때 "여기 써야 대학 구경이라도 한다"라는 말에 아무 말 없이 원서를 썼고 합격했다. 나중에 전공 과목 보고는 기절했다. 커리큘럼을 미리 알았다면 원서도 안 썼을 것이다. 지구과학, 생물, 화학, 물리 네 개의 과학 과목을 배우던 시절, 가장 싫어했던 과목이 화학. 그런데 식품가공학과는 기본적으로 화학을 배우는 곳이었다. 유기화학, 생화학, 물리화학, 식품화학, 영양학, 미생물학 등 모든 것이 화학이었다. 어찌 대학 생활을 할까 갑갑을 넘어 깝깝했는데 입학과 동시에 숨구멍을 찾았다.

과내 동아리 중에 빵을 만드는 제빵연구회가 내 도피처가 되었다. 4년 동안 빵을 만들고 교내에서 팔았다. 제조와 판매, 기획을 알게 모르게 배웠다. 방학에도 학교에 나와 다음 학기 신제품에 대해 연습도 했다. 수업은 재미없었지만 빵 만들기는 신이 나서 했다.

겨울방학 때 영등포에 있는 롯데백화점에서 아르바이트를 했다. 할부 구매를 하고 주소 옮긴 사람을 찾아다니고, 기계 부속 공장에서도 아르바이트를 했지만 별 재미가 없었다. 백화점에서 한과 판매 보조 아르바이트는 재미가 있었다. 공장은 단순 작업이 많았다. 백화점은 사람과 사람 사이에서 활력이 느껴졌다. 그 활력을 음미하는 것에 흥미와 재미가 있었다. 한 번 더 한과 아르바이트를 하고 나중에는 신촌의 시티백화점(지금의 현대백화점)에서 양말 파는 아르바이트도 했다. 몇 번의 경험으로 백화점을 참 재미있는 곳으로 기억하게 됐다. 졸업하고 취직하면 좋겠다고 생각이 들 정도였다.

대학 4학년 8월에 뉴코아백화점 원서가 학교에 왔고 별 생각 없이 원서를 썼는데 바로 합격. 롯데제과와 해태제과는 면접만 보고 바로 뉴코아에서 연수받고 부천에 있는 중동 뉴코아백화점(지금의 시마 쇼핑몰)에서 MD로 첫 직장생활을 시작했다.

슈트 입고 처음 출근한 백화점은 공사 중이었다. 건물

뼈대만 있는 2층 간이 사무실에서 점장, 총무과장과 인사를 나눈 후 발령 받은 부서, 식품팀으로 갔다. 식품가공학과 출신이니 묻지도 따지지도 않고 그곳으로 발령이 났다. 묻지도 따지지도 않고 받은 발령이 두 번째라 그리 낯설지는 않았다. 첫 번째는 군대였다. 방위 판정받고 해군에서 방위 생활을 했다. 물론 보직은 취사병. 이유는 전공에 '식품'이 들어 있기 때문이었다.

부서장과 인사를 나눴다. 부서장이었지만 놀랍게도 직급은 대리. 한창 성장세에 있던 뉴코아그룹은 2020년대에는 상상도 못 할 조직 체계를 가지고 있었다. 1년에 '킴스클럽' 포함 수많은 점포를 개점하던 시기인지라 4~5년 차 대리급이 부서장 하는 경우가 많았다. 롯데나 신세계 등 백화점 업계에서 오래된 기업체의 대리급이라면 부서장은 꿈도 못 꾸고 겨우 카테고리장 정도 할 때였다.

직급은 대리였지만 직책은 막강 부서장. 성장세에 있던 뉴코아는 그런 부서장들에게 권한을 많이 줬다. 줄 수밖에 없었다. 지금처럼 체계적인 관리 시스템이 없기에 통제가 가능하지도 않았다. 그 덕에 부서장들은 매장 구성이나 상품 가격 설정을 좌지우지했다. 그 시절 롯데백화점에 다니던 선배 이야기를 들어보니 부장급 부서장도 우리만큼 권한이 없었다. 다른 유통업체에 갔다면 시키는 일만 배웠을 것이다. 대리 부서장 밑에서 우리끼리 매장을 꾸려야 했기에 다양한 경험을 했다.

뉴코아백화점을 선택하고 중동점으로 배정받은 것 또한 나한테는 행운이었다. 그 당시 연수를 같이 받았던 동기들은 대부분 평택점으로 발령 받았고 소수만 구월점, 일산점, 중동점으로 발령을 받았다. MD 생활에 가장 큰 영향을 끼친 이가 있으니 바로 고故 원종현 대리였다. 강원도 영월 출신으로 무척이나 무뚝뚝했던 이였다. 소주를 참 좋아했다.

당시 원 대리는 결혼 전이었고 백화점 근처에서 자취를 하고 있었다. 퇴근 시간이면 거의 매일 한잔했다. "한잔 칠까?" 술 마시자는 신호였다. 당시 부서장은 신과 동격이었다. 신급 부서장의 신호는 겸허히 받아들여야 했다. 퇴근 시간이라고 해봐야 남들 2차나 3차가 끝날 시점. 백화점 개점 전에는 퇴근 시간이 빠르면 밤 10시, 보통은 자정이었다.

뉴코아백화점이 부도가 나자 동기들과 선후배들은 다른 유통업체로 떠났지만, 나는 자리를 지켰다. 딱히 다른 곳을 갈 생각이 들지 않았다. 그러다 세기말인 1999년 이런저런 사정으로 사표를 냈다. 잠시 다른 곳에서 일하다가 인터넷 쇼핑몰로 자리를 옮겼다. 2000년 IT 붐이 일면서 쇼핑몰이 우후죽순 생길 때였다. '옥션', '삼성몰', '인터파크' 등 쇼핑몰의 태동기였다. 그중에서 한국통신에서 오픈한 '바이엔조이buynjoy'로 이직했다. 지금 쓰고 있는 메일 아이디 'foodenjoy'(누군가가 'foodnjoy'를 쓰고 있었다)를 그 당시 만들었다.

인터넷에서 식품을 산다는 것은 거의 상상도 못 하는 시절이었다. 지금이야 '쿠팡'이나 '마켓컬리'에서 식품을 사지만 그때는 컴퓨터, MP플레이어 같은 전자기기가 쇼핑몰 매출을 주도했다. 그 당시 인터넷을 포함해 식품 통신 판매의 최강자는 '우체국 쇼핑'이었다. 지금도 여전히 매출액이 높지만 그때는 거의 독점적 지위였다. 우체국 책자를 통해 상품을 소개하고 자사 운송체계를 통해 배달했다. 도랑 치고 가재 잡는 격이었다. 우체국과 한국통신은 처지가 비슷한 준공무원이었다. 비슷한 조직인지라 나름의 경쟁심이 있었다.

새로 오픈한 쇼핑몰에서 식품팀장을 맡은 나에게 떨어진 명령은 1년 내로 우체국 수준으로 상품을 구성하라는 것이었다. 그때부터 전국을 쏘다녔다. 쏘다니는 것이 체질인 걸 처음 알았다. 운전하고 이곳저곳을 다니는 게 너무 좋았다. 산지를 찾아다니며 배우는 것들이 너무 많았다. 책상머리에 답이 없다는 것을 알기 시작했다. 그렇게 발걸음을 뗀 길이 누적 거리로 27년 차인 지금 100만 킬로미터다.

바이엔조이에 있을 때 업체 상담차 뉴코아에서 알던 선배가 찾아왔다. 이런저런 이야기 끝에 나중에 생각 있으면 '한겨레'에서 운영하는 '초록마을'로 오라는 이야기를 들었다. 들었던 당시는 웃고 지났지만 몇 개월 지나 초록마을에서 일을 시작했다.

초록마을에서의 업무는 두 달에 한 번 '초록마을 카탈로그'에 실을 상품을 소싱하는 것. 1호는 나와 있었고 2호부터 내 손길을 거쳤다.

상품을 준비하면서 친환경 유기농을 알게 되었다. 신문사를 통해서 들어온 친환경 배를 보러 산청의 '선돌농원'에 갔다. 내 허리까지 오는 풀이 농원에 가득했다. 나무와 나무 사이 오솔길 같은 틈이 있었다. 제초제를 뿌리는 것 대신 평평한 돌을 놓아 풀이 자라지 못하게 했다. 그 사이로 걸어 들어가 생산자가 내민 배를 받았다. 먹어보라는 이야기에 대뜸 "깎지 않고 먹어요?" 하고 물었다.

"그냥 먹는 배도 있어요. 그 녀석은 원황園黃입니다."

서걱거리는 육질에 과즙 품고 있는 과일이 배. 이 녀석은 서걱거림도 없고 껍질이 사과처럼 부드러웠다. 과즙은 한없이 뿜어져 나왔고 단맛은 이루 말할 수가 없었다. 깎지 않은 껍질에서는 향이 은은하게 배어 나왔다. 품종이 달라지면 맛이 달라짐을 알았다. 농법이 달라지면 과일의 향이 달라짐을 알았다. 우연히 신문사 통해 소개받은 농장에서 먹은 배 하나가 내 운명의 방향타가 됐다.

카탈로그만 만들던 초록마을이 매장 사업을 시작했다. 업체 중에서 친환경 가공식품을 공급하는 곳이 있었다. 사진 촬영용 샘플을 요청해 택배로 받아 촬영했다. 보통 샘플은 특수한 경우가 아니면 시식용으로 활용한다. 맛을 봐야 설명을 할 수 있기 때문이다. 그런데 일이 되려고 했는지 업체에서 촬영이 끝난 빵을 돌려달라는 전화를 했다. 택배로 왔기에 유통기한도 이틀 정도 남았던 것을 퀵서비스로 보내 달라는 것이었다.

상품을 보내면서 은근히 부아가 났다. 감정을 다스리다가 문득 우리가 매장을 직접 운영하면 어떨까 하는 생각이 머리를 스쳤다. 매장을 운영하면서 상품도 늘리고 택배도 하면 사업이 될 듯싶어 부서장에게 이야기했다. 빵 반납에서 시작한 것이 가맹 사업이 됐다. 초록마을 매출이 연간 5억 원에서 10년 뒤 1000억 원이 됐다. 그 사이 산청의 배 생산지에서 느꼈던 품종의 중요성을 매장에 반영했다. 빵 반품이 부른 나비효과치고는 거대했다.

알지도 못했던 식품가공학과를 담임의 권유로 갔다. 우연히 한 아르바이트가 백화점 아르바이트였고, 그 영향으로 백화점에 취업했는데 부서장 권한이 많았던 뉴코아백화점. 그런 뉴코아가 부도가 나서 많은 이들이 다른 업체로 옮겨 갈 때 자리를 지키다가 온라인 쇼핑몰로 이동해 출장의 중요성을 깨달았다. 그리고 거기서 만난 이의 도움으로 초록마을로 이직. 배 하나 먹고 빵 봉지에 열 받아서 '초록마을 매장'을 꿈꾸고는 실행에 옮겼다. 그리고 쿠팡에서 일하는 사이 20년 차 MD가 됐다.

팀원에게서 MD의 자질, 태도에 대한 질문을 받았다. 나는 늑대와 사자, 망원경과 현미경에 비유하며 대답했다. 사냥할 때 사자와 늑대는 방식이 다르다. 집단을 형성해 사냥하는 것은 같다. 사자는 때를 기다리다 일시에 치고 빠진다. 반면 늑대는 때를 기다리면서 집요하게 사냥한다. MD는 때로는 사자처럼, 때로는 늑대처럼 움직여야 한다. 만족스러운 상품을 만나면 사자처럼 바로 잡아야 한다. 상품이 아니더라도 업체와의 미팅에서도 마찬가지다. 성공할 가능성이 있는 상품을 만나기 위해서는 미리 준비를 해야 한다. 공부도 끊임없이 해야 하고 시장조사도 부지런히 해야 한다. 그 과정에서 내공이 쌓인다. 내공이 쌓이면 어떤 상품을 보는 순간 느낌이 온다. 그럴 때 사자처럼 단번에 목덜미를 물고 쓰러트려야 한다. 느낌이 왔지만 모든 것들이 내 뜻대로 되지 않는다. 그럴 때는 늑대처럼 상대방이 지칠 때까지 쫓아다니며 때를 기다린다.

망원경과 현미경도 비슷한 맥락이다. MD의 눈은 현미경과 망원경을 둘 다 가져야 한다는 것이다. 망원경은 멀리 내다보는 물건. 오늘이 아닌 내일을 보고 상품을 소싱하고 공부를 해야 한다는 의미다. 현미경은 현상의 문제에서 가격적인 부분을 보는 것이 아니라 상품을 좀 더 세밀하게 봐야 한다는 이야기다. 국내산 쌀이냐, 어디 지역의 쌀이냐, 어떤 품종이냐, 마지막으로 누가 생산했느냐 하는 식으로 세분화할 수 있어야 한다.

여전히 식품 MD가 가져야 할 태도를 사자와 늑대, 현미경과 망원경을 통해 설명한다. 이 이야기는 쿠팡에서 일할 때 좋은 기회를 만나 만화 《식객》에 스토리 작가의 시각으로 정리되어 나갔다. 가문의 영광이었다. 우연히 《식객》과 관련해서 취재당하는 사이 몇몇 작가를 만났다. 어느 순간 쿠팡을 그만두고 작가들과 어울리고 있었다.

식품가공학과를 가지 않았다면, 혹은 회사가 부도가 났을 때 남들처럼 '이마트'나 '월마트'로 이직했다면 27년 차 MD는 없었을지도 모른다. 이 책에서 이야기할 내용 대부분은 품종과 맛에 관한 이야기다. 그로 인해 연결된 인간사가 토핑처럼 올려진다. 유통은 흐르고 통하는 것. 물건과 돈, 그리고 그걸 조절하는 인간, 세 요소의 흐름에 대한 질서를 유지하게 하는 것이다. 여울목도 지나고 폭포도 지난다. 유통이, 인생이 강물처럼 27년간 흐른 이야기고, 앞으로 흘러갈 곳을 말한다.

1장

먹거리엔 진심, 오지게 고집 센 식품 MD의 탄생

이 모든 시작은
지하 식품매장의 '오뎅'으로부터

백화점 신축 공사판에서 몇 달 뒹굴다 보니 어느덧 개점일이 내일로 다가왔다. 오픈하는 날 설렘 가득 안고 출근했다. 내가 쓸고 닦았던 공사판이 번듯한 매장으로 탈바꿈한 것은, 미친 듯이 도면에 그렸던 것을 실사로 본다는 것은 해본 사람만 아는 희열이 있다.

팡파르가 울리고 손님들이 물밀 듯이 들어왔다. 기쁨은 두 배, 즐길 틈도 없이 여기저기서 "김 선생님~" 찾는 소리가 들렸다. 백화점 직급 체계는 담당, 계장, 대리 순이었다. 그다음은 일반 회사와 같았다. 담당은 계급이 없으니 대부분 '성+선생님' 호칭으로 불렸다. 포스 기기가 되니, 안 되니 등등 이런저런 자질구레한 일들이 생겼다. 이리저리 다니면서 시계를 봤다. 오후 5시가 넘었다. 슈트를 입고 돌아다니고 있었는데 부서장이 나를 부르더니 장난기 어린 어투로 말한다.

"야, 이~시캬. 가다마이 벗고 팔 걷어." 자기도 와이셔츠를 걷으면서 한마디 보탰다. "따라와."

졸졸 부서장을 쫓아간 곳은 축산물 판매장. 부서장은 냉동고 뒤로 들어가더니 갑자기 의자 위에 올라갔다. 그리고 냅다 소리 지르기 시작했다. "지금부터 돼지불고기 500그램 한 팩에 오백 워~~~언." 손뼉까지 치고 있다. 나는 옆에서 멀뚱멀뚱 쳐다만 보고 있었다. "야, 뭐 해. 너도 팔아."

아르바이트하면서 봤던 롯데백화점이나 동아시티백화점, 그레이스백화점의 담당들은 물건을 팔기 위해 손뼉을 치지 않았다. 판촉 사원에게 우아하게 지시만 했다. 하지만 뉴코아백화점에는 그런 문화가 없었다. 여성이나 남성 의류부로 간 동기들은 적어도 타 백화점과 비슷했지만 식품팀은 그런 거 없었다.

"야, 양복 입고 꼴값 떨 거면 딴 데(의류부서) 가, 앞으로 양복 입고 그러는 거 내 눈에 띄지 마라."

쭈뼛쭈뼛 의자 위로 올라갔다. 얼굴은 벌겋게 달아올랐다. 주변에서 나만 쳐다보는 것 같았다. 판매사원이나 여직원이 실실 웃는 모습이 보였다. 대놓고 쳐다보지는 않았다.

처음에는 목소리가 잘 안 나왔다. 그러기를 몇 분 흘렀나? 부서장 목소리가 더 커졌다. 이러다가는 안 되겠다 싶었다. 모깃소리만 하게 "한 팩에 오백 원" 했다. 부서장은 "야, 인마~. 크게 질러야지" 하고는 양손에 고기 팩을 들고 오백 원을 소리쳤다.

"에혀."

한숨이 나왔다. 될 대로 되라는 심정으로 소리 지르기 시작했다. 그렇게 한창 소리 지르다가 멀찍이 떨어진 곳에서 누나를 발견했다. '너 저기서 뭐 해!' 하는 표정이었다. 일단은 쪽팔렸다. 뭔가 수습을 해야겠는데 뭐라고 해야 할지 생각나지 않았다. 멀쩡히 대학 졸업해서 취업하고는 돼지고기를 파는 동생이 안타까웠는지 누나가 "이런 것도 하니? 나 간다" 하기에 "축산 코너 일 잠시 도와주는 거니깐, 엄마한테 얘기하지 마" 하고는 다시 오백 원을 외쳤다. 다음 날부터 슈트는 아침과 저녁에만 입었다. 개점과 폐점 행사 때 딱 두 번 입었다. 아마도 이 영향인지 싶다. 나는 회사 다니면서 슈트를 거의 입지 않았다.

초록마을에 입사하고 생산지와 매장을 정신없이 다닐 때였다. 어느 날 지나가는 부사장과 마주쳤다.

“김 과장, 자넨 왜 양복을 안 입어? 부장 통해서도 전달했는데.”

“네, 오늘 외부 출장이 있어서 그랬습니다.”

“오늘만이 아니던데, 내일부터 양복 입고 출근해.”

부사장은 젊은 시절 롯데백화점 기획실에서 근무했다. 그러니 담당이라는 놈이 정장 안 입고 다니는 꼴이 보기 싫었을 것이다. 그 당시 일반 기업에 다니는 직장인은 무조건 슈트를 입었고, 일부 IT 기업에서만 자율 복장이었다. 내 인생에서 가장 오랫동안 슈트 입고 출근했다. 한 열흘? 도저히 답답해서 다시 복장을 바꿨다. 한 번 더 혼나고 말자 싶었다. 모른 척해준 건지는 모르겠다. 그때 워낙 초록마을이 잘나가던 시절이어서 그랬나 싶다. 얼마 있다가 다들 편안한 복장으로 출근했다. 시절이 바뀐 것인지 아니면 나로부터 시작된 것인지는 모르겠지만 말이다.

백화점에서 재고 조사도 하고 매입 정리도 하면서 일을 배운다는 느낌이 들었다. 어느 날이었다. 봄 바겐세일을 앞두고 부서장이 어디 좀 같이 가자고 했다. 따라나서니 부평 동소정 사거리였다.

부평에서 오래 산 나도 몰랐는데 거기에 어묵 공장이 있었다. 1990년대까지 어묵 공장이 부산에만 있던 것이 아니었다. 항구가 있던 대도시에는 어묵 공장이 있었다. 지금이야 어묵 하면 부산어묵이지만 그때는 동네 어묵이 '짱'이었다. 아마도 다 사라지고 '부산'만 남아서 인기를 누리는 것 같다. 그런 걸 보면 살아남는 것이 승자라는 이야기가 맞다.

'오뎅'(어묵보다는 오뎅이 입에 맞는다. 그 당시도 우린 오뎅이라 불렀다) 공장에 간 까닭은 직매입하기 위해서다. 당시 대부분 상품과 입점은 본부에서 관리했다. 롯데, 현대, 신세계도 마찬가지였다. 입점도 본부를 통해서 해야 했지만, 뉴코아는 지점에서 알아서 할 수 있는 여지가 많았다. 그 당시 롯데백화점 다니는 선배가 했던 이야기가 있다. 고故 신격호 회장이 신년사에서 "뉴코아 조심해야 한다"라고 했다고 한다. 1996년도 초반의 뉴코아는 유통업계의 '애플'급이었다. 그만큼 지점 권한이 어느 정도 있었기에 오뎅을 직매입했다. 부서장이 시키는 대로 했지만 발주, 그리고 판매는 내 책임이었다. 이 경험이 나중에 초록마을을 키울 때 큰 도움이 됐다. 천 원짜리 오뎅이 천억 원짜리 기업의 시작이었다.

바겐세일 시작 전날 오뎅 수십 박스가 들어왔다. 에스컬레이터 떨어지는 자리, '골드 존'에 자릴 잡았다. 잡화, 의류 부서는 주말이면 이 자리를 차지하기 위해 로비와 접대를 엄청나게 해댔지만, 우린 그런 거 없었다. 객단가(한 번에 구매하는 금액)가 낮기 때문이거니와 어차피 결정은 부서장 몫이었다. 그 자리에 계산원과 동기와 문 열고 나서부터 닫을 때까지 붙어 있었다. 판매 시작, 겨울이었지만 와이셔츠 소매를 걷어붙이고 외쳤다. "자, 오뎅 한 봉에 처~너~언".

오픈 초기 부서장한테 끌려가서 오백 원짜리 돼지불고기 팔 때는 솔직히 쪽팔려서 죽는 줄 알았다. 내가 알고 있던 백화점 담당의 모습은 이런 모습이 아니었다. 두 달이 지나니 '쪽팔림'이라는 단어는 잊은 지 오래다. 오뎅 한 봉에 천 원, 종류 상관없이 그 가격에 팔았다. 거의 반값이었다. 지금도 천 원짜리가 있지 않느냐고 할 수 있지만, 양이 달랐다. 사각 오뎅 두세 장 넣고 천 원이 아니라 열댓 장이었다. 그렇게 주말에 200만 원, 평일에 100만 원 정도 매출이 났다. 천 원짜리로 100만 원 매출 올리려면 수백 사람과 이야기를 나눠야 한다. 천 원이 천 장이 모여야 100만 원이 되기 때문이다. 힘은 들었지만, 굉장히 재미있었다.

세일 마지막 날인 일요일 저녁. 세일 마지막 날은 낭만 아닌 낭만이 있었다. 오전은 폭풍 전야처럼 조용하다가 점심이 될 무렵부터 사람들이 밀려 들어왔다. 계산대 마감하고 난 후 찍힌 200만 원 넘은 숫자를 보고 다들 좋아했다. 직매입의 묘미를 한껏 느꼈다.

직매입이 성공만 한 것은 아니었다. 오뎅 말고 유자차도 같이 했다. 이건 완전히 폭망 수준이었다. 가격은 저렴했지만 살균이 거의 안 된 것을 매입한 탓에, 매장에 두고 판매하다가 터져서 뚜껑이 날아가기도 했다. 불량은 반품하고 나머지는 폐기했다. 이 경험 또한 초록마을을 키워 나갈 때 소중한 자산이 되었다. 직매입할 때 회전율을 예측해서 매입의 규모나 가부를 정했고, 라면을 PB상품(유통업체에서 자체 브랜드로 제작하는 상품)으로 만드는 기준을 지점이 100개가 넘어가는 시점으로 결정했다. 회사는 50개부터 하라고 했지만 버텼다. 재고가 남으면 어떻게 하면 좋을지 회사 쪽에다 대안을 달라 했지만 절대로 주지 않았다. 그래서 나도 버티고 버티면서 유통기한 내 다

팔리는 시점까지 기다렸다.

쫄다구 시절의 경험이 없었다면, 뉴코아에 있을 때처럼 담당한테 권한이 없었다면 아마 위에서 시키는 대로 했을 것이다. 뉴코아에서의 4년이 27년 동안 내 업무 스타일이 되었다. 능동적이면서, 성질 더럽고, 사장이 시켜도 'No' 하는 MD가 된 것은 다 뉴코아 탓이고, 내 사수 원종현 대리 탓이다.

개나 줘버려, '폭포 이론'

얼마 전에 부평 요양병원에 계시는 어머니께 다녀오는 길에 송내역에 갔다. 두근거리는 마음으로 출근했던 첫 직장, 이름은 바뀌었어도 여전히 그 자리에 있었다. 지금은 스포츠센터와 식자재 마트로 바뀌어 있다. 20년도 넘었지만 그때 매장 배치는 선명히 남아 있다. 식자재 마트로 바뀐 지하 1층을 다니며 곱씹었다. 여기는 건강코너, 또 저기는 양주코너 등등 그 당시 매장 도면을 그렸던 일이 어제 일처럼 선명하다. 오픈을 준비하면서 참으로 고생을 많이 했기에 기억이 또렷하다.

1995년 10월, 다른 이들보다 취업 결정이 빨리 되어 졸업하기 전부터 회사로 출근했다. 일주일 신입사원 교육이 있었다. 일요일 쉬고 다음 날 집에서 전철로 한 정거장인 송내역으로 갔다. 슈트 빼입고 나갔더니 개판, 아니 공사판이었다. 오픈은 넉 달 뒤, 다음 해 2월이었다.

건물은 외벽만 올라간 상태, 2층 한편에 간이 사무실이 있었다. 인상 참으로 안 좋게 생긴 부서장에게 어리버리 인사를 하니 "내일부터 청바지 입고 나와"라는 말을 들었다. 슈트 입고 백화점 매장 돌아다닐 줄 알았다. 아니었다. 다음 날에 내 손에 쥐어진 것은 빗자루와 청테이프였다.

매일, 매장을 쓸고 테이프 붙이는 작업을 했다. 도면이 거의 매일 바뀌었다. 밤 11시까지 사무실에서 대기했다. 회장이 전 매장을 돌다 언제 들이닥칠지 모르기 때문이다. 회장이 오면 우린 회의 끝날 때까지 사무실에서 대기했다. 어떤 날은 즉시 그 자리에서 매장 도면을 수정할 때가 있고, 혹은 회의를 마친 다음 날 바뀌기도 했다. 도면이 바뀌면 동기와 매장으로 갔다.

아무것도 없이 기둥만 서 있는 매장. 기둥을 기준점으로 도면대로 바닥에 청테이프로 구획 정리를 했다. 아무것도 모르는 우리가 할 수 있는 것은 단순 노동뿐이었다.

1/100로 축소한 도면지에 그린 매장 배치도를 확대·복사하러 원미구청 부근 문구점을 다녀오기도 했다. 오픈하기 전까지 도면은 수십, 수백 번 바뀌었다. 건강코너가 서쪽에 있다가 어느 날 동쪽으로, '피자헛'이 들어오기로 했다가 다른 브랜드로 바뀌었다. 도면에서 코너를 이리저리 움직이는 것은 괜찮다. 지우고 혹은 찢어버리고 새로 그리면 그만이다.

하지만 상하수도가 들어가는 코너라면 문제가 달라진다. 가스 배관도 움직여야 한다. 동쪽에 있던 '맥도날드'가 서쪽으로 가면 그때부터 바빠졌다. 맥도날드에 다시 도면 요청을 해야 하고, 동시에 건설팀에 협조 요청을 해야 한다. 그렇게 부랴부랴 수정해서 세팅을 하면 또 바뀌었다.

회장이 도면으로 OK 하고는 날 잡아서 매장에 방문해서 확인한다. 테이프로 도면대로 표시한 곳을 이리저리 다닌다. 4B 연필 들고 말이다. 옆에는 영업 총괄실 직원이 큰 도면을 들고 쫓아다녔다. 매장을 보고서는 도면에 4B 연필로 낙서를 했다. 도면 바꾸라는 지시였지만, 낙서였다. 무슨 철학이 있는 줄 알았는데, 자기 기분 따라 바꾼다는 것을 나중에 알았다. "여기가 아닌가벼" 하면 매장이 뒤집혔다. 내 속도 같이 뒤집혔다. 수십 번을 바뀐 도면. 안 바꾼다고 해놓고는 바뀌었다. 오픈을 불과 20여 일 남기고 말이다.

결국 부서장이 박차고 나갔다. 식품본부장이 나서서 겨우 해결해서 다시 돌아왔다. 그 일로 부서장은 결국 이직 결심을 하고, 오픈하고 나서는 '삼성프라자'로 떠났다. 일 잘하는 사람들이 뉴코아를 떠나는 이유가 있었다. 이런저런 우여곡절 끝에 드디어 2월 초 오픈했다. 그러고는 바로 명절 행사를 하고, 그다음 평화로운 일상이 시작됐다. 뉴코아 직장생활에서 몇 달 가지 못한 조용한 시기였다.

부서장이 떠나고 새로운 부서장이 왔다. 서로 알기도 전에 회장이 중동점에다 폭탄을 던졌다. 아무리 생각해도 미친 결정이었다. 기분 따라 변하는 개똥철학 소유자라는 게 분명해졌다. 그해 겨울에 〈신동아〉인가 〈월간 조선〉에 소개까지 되었던 '폭포 이론'의 희생자가 뉴코아백화점 중동점 식품팀이었다.

어느 날 회의를 끝내고 부서장이 사색이 되어 돌아왔다.

"야, 이거 어떡하냐?"

"왜요?"

내가 물었다. 입사 7개월 차, 나는 부서 '넘버 2'가 되어 있었다. 부서장, 대리 모두 다른 곳으로 떠났다. 회의 자료를 내가 만들었다. 동기 세 명 중 입사일이 내가 가장 빨랐다. 그래봤자 한 달이지만.

"야, 진영아. 어떡하냐? 올라가래."

"어딜 올라가요?"

"7층."

"올라가세요. 그게 어때서요?"

"아니 우리 전부 다. 매장까지 싹 다!"

순간 나도 모르게 입에서 쌍욕이 나왔다. 서로 담배를 물었다. 사무실 금연한 지 얼마 지나지 않았다. 평소 같으면 난리치던 사무직 직원인 현주도 그때는 아무 말도 안 했다. 잠깐의 침묵이 흘렀다.

"언제 가래요?"

"이달 말."

20일 정도 남은 시점이었다. 지하 매장은 위층보다 넓다. 7층으로 올라간다면 매장 면적이 줄어든다.

'폭포 이론'을 잠깐 설명하자면 이렇다. 지하에 있던 식품매장을 7층으로 올리면 손님은 지하로 가지 않고 7층으로 갈 것이고, 그다음 내려오면서 쇼핑을 할 것이다. 식품

매장이 지하에 있으면 분수요, 7층에 있으면 폭포가 되는 이론이었다.

얼핏 들으면 그럴듯하다. 하지만 자세히도 아니고 잠깐만 생각해 보면 어이없는 이론이었다. 폭포든, 분수든 일단 손님이 많아야 하는데 뉴코아백화점 중동점은 손님이 별로 없었다. 주변에 이마트, LG백화점에 까르푸까지 포진해 있는 데다가 같은 건물에 킴스클럽까지 있어 식품매장은 썰렁함 자체였다. 그런 상황에서 7층으로 올라가라 하니 환장할 일이었다.

시키기에 했다. 안 될 줄 알았는데 짧은 시간에 해냈다. 올라가기로 결정하고는 업체들하고 협의에 들어갔다. 규모가 있는 외식 브랜드는 장사가 안 된다는 판단을 이미 하고 있던 터라 퇴점했다. 장사가 잘되는 뉴코아 반포점이나 평촌점 등 다른 지점에 점포가 있던 프랜차이즈 업체는 울며 겨자 먹기로 올라가기로 했다. 매장 도면을 7층에 맞게 그렸다. 즉석조리 업체들도 난리였다. 지하 1층에 있다가 7층으로 올라가면서 좁아졌기 때문이다. 사장을 찾아가네 마네 난리였다. 도면이 확정되고 실제로 보름 만에 매장을 지하에서 7층으로 올렸다.

오픈 일주일 전부터 집에 못 들어갔다. 택시 타고 10분이면 갈 거리였지만 시간이 없었다. 여름이라 잠은 7층 바닥에 합판 깔고 잤다. 샤워는 백화점 앞 사우나에서 해결. 매일 도면 그리고 청소하고, 청소하다 보니 보름이 지나고 D-day. 기억이 생생하다. 아침 10시 29분, 오픈 팡파르가 울리는데 저쪽에서는 전기 연결하고 있었고, 한쪽에서는 밀대로 청소하고 있었다. 나는? 화물용 엘리베이터에 마지막 쓰레기를 집어 던지고 있었다. 청소 담당자들은 내 뒤에서 쓸고 닦고 그런 난리도 없었다.

오픈 시간이 되자 회장이 엘리베이터에서 웃으며 내렸다. 욕이 절로 나왔다. 그날 하루를 어찌 보냈는지 기억이 없다. 모든 일을 끝내고 밤늦게 집으로 갔다. 일주일 만에 귀가였다. 동네 어귀에 엄마가 나와 있었다. 지쳐서 돌아오는 아들내미를 물끄러미 바라보고는 "너 아직 대학원 생각 있으면 가라" 하고 말씀하셨다. 일전에 하도 힘들어서 공부할까 넌지시 말을 꺼낸 적이 있는데, 아들 꼴을 보니 그게 더 낫겠다고 생각하신 것이다.

그렇게 힘들게 준비했건만, 장사는 더 안 됐다. 그나마 편하게 진입했던 매장을 7층으로 올려버리니 오던 손님마저 떠났다. 거창하게 '폭포 이론'을 만들었지만 기본적인 고객수가 적은 곳에서는 쓸모가 없었다. 풍부한 수량이 있는 곳과 없는 곳은 폭포의 규모가 다르다. 회장이 간과한 것이 물줄기의 규모였다. 중동점은 도랑 같은 물줄기로 겨우 연명하고 있던 매장이었다. 그걸 올린다고 이구아수폭포가 되지 않는다. 적은 수량을 7층으로 올리려고 하니 그만큼의 공력이 더 들어갔다. 이론은 이구아수 폭포였지만 현실은 수도꼭지가 고장 난 인공 폭포였다.

대학원과 백화점 사이에서 고민하다가 근무처를 옮기기로 결정했다. 1997년 1월에 오픈 예정인 뉴코아 명품관 오픈 멤버를 1996년 7월에 모집하고 있었다. 식품 매입 본부에 동기가 있었다. 그 동기를 통해 내 뜻을 전했고 수락을 받았다. 그래서 1996년 8월 나는 중동을 떠나 성남으로 지점을 옮겼다. 이것이 내 인생에서 엄청난 선택이었음은 나중에 알았다.

IMF로 부도가 난 것이다. 뉴코아백화점은 지점별로 계열사가 달랐다. 중동점은 '시대유통' 소속으로 뉴코아 소속이 아니었다. 부도 이후 지점 정리가 되면서 뉴코아 소속은 그대로 뉴코아라는 이름을 사용했지만 중동점은 그러지 못했고 '시마'라는 브랜드를 운영하다가 결국은 정리됐다. 나는 명품관에서 다시 성남 미금점으로 발령 받았다. 그 사이 많은 사람들이 이마트나 홈플러스 등으로 떠났다. 나는 만으로 3년 10개월 근무하고 1999년 9월 미금점을 마지막으로 뉴코아를 떠났다. 그다음 직장이 인터넷 쇼핑몰 바이엔조이, 훗날 쿠팡으로 날 스카우트한 친구를 거기서 만났다.

'초록마을'로 이어진
빵 반품 사건의 나비효과

어쩌다 보니 초록마을을 만들게 되었다. 처음부터 이렇게 만들려고 했던 것은 아니었다. 아무것도 아닌 일이 실마리가 됐다. 우습게도 '빵' 때문이었다. 초록마을은 처음부터 매장 사업을 하지 않았고 통신 판매가 주목적인 '한겨레 마을'의 서브 잡지였다. 두 달에 한 번씩 발행했다. 매출은 높지 않았다. 두 달 매출이 5천만 원 정도였던 것으로 기억하고 있다. 잡지가 뿌려지면 매출이 몰렸다가 점차로 떨어지는 구조였다. 나는 2호 발행할 때부터 관여했다. 바이엔조이를 그만두고 바로 잠시 쉬다가 입사한 곳이 '인터넷 한겨레', 나중에 회사명이 아예 초록마을로 바꿀 줄은 그때는 몰랐다.

초록마을을 만든 빵 사건. 나만 아는 사건이다. 사건이라고 하기엔 사실 별것 아니었다. 3호 잡지였나? 잡지를 만들기 위해 샘플 사진 촬영이 필요했다. 상품을 찍고, 필요한 이미지를 컴퓨터 프로그램으로 오려내는 등등 할 일이 많았다. 업체에서 제공한 상품으로 촬영하고 시식을 했다. 먹어봐야 설명이 되니 말이다. 샘플 중에는 '더불어식품(현 새롬식품)'의 빵 제품이 있었다. 빵이라는 게 유통기한이 워낙 짧은 데다가 택배 온 것을 촬영하는 사이 3일이 지났다. 그 당시 일주일 정도였던 유통기한의 절반이 지나가고 있었다.

촬영을 끝내고 다른 일 때문에 해당 업체와 통화를 했다. 빵을 제공한 곳은 더불어식품이 아니라 '새농'이라는 벤더사(vendor company. 판매를 대행해 주는 업체)였다. 그 당시 초록마을 매출 규모로는 더불어식품과 직거래가 어려운 상황이었다. 매출이 잘 나오면야 걱정이 없지만 그렇지 않았다. 게다가 지금이야 쿠팡, 마켓컬리 등 모바일을 이용한 식품 구매가 자연스러웠지만 그때는 달랐다. 벌써 20년 전 일이다. 2001년에는 인터넷으로 식품을 구입하려는 이들이 지금처럼 많지 않았다.

업체에서 전화로 샘플 반납을 요청했다. 간혹 고가의 건강식품은 반품을 요청하는 경우가 있었다. 하지만 일배식품(매일 배송하는 상품)인 빵을 되돌려 달라는 이야기는 처음이었다. 왜 돌려달라고 했는지는 정확히 기억나지 않는다. 통화하다가 월말에 합산해서 계산서 발행을 해달라고까지 했지만 수화기 너머 상대는 퀵으로 보내달라고 했다. 그 당시 새농은 암사동, 초록마을은 만리동 고개에 있었다. 대충 따져봐도 샘플 비용이나 퀵 비용이 비슷했다. 부득불 돌려달라는 요청에 돌려줬지만 왜 그랬는지 지금도 궁금하다.

그 일이 있고 나서 나름의 궁리를 시작했다. 새농이라는 벤더사는 필요했다. 저쪽은 매장 사업을 하면서 개인 친환경 매장에 상품을 공급하고 있었기 때문이었다. 대안은 딱히 떠오르지 않았다. 친환경 식품 사업을 하는 이들 중에서 매장이 없는 곳은 우리뿐이었다. '무공이네', '이팜', '올가' 외에도 '생협', '한살림'은 모두 매장을 가지고 있었다. 열 받을 일이 아닌데 열을 받으면, 어찌 하긴 해야 하는데 못 하는 환경이라면? 답답해 죽는다. 며칠을 끙끙 앓았다.

우여곡절 끝에 초록마을 잡지가 나왔다. 잡지가 나온 날이었나? 점심시간이었다. 공덕시장 근처에서 밥 먹고 만리동 고개를 올라오는 길에 비어 있는 상가가 눈에 띄었다. 우연찮게 발견한 빈 상가를 본 것뿐이었는데, 머릿속에서 생각은 꼬리를 물고 '매장 사업을 해보면 어떨까'까지 발전했다. 같이 밥 먹고 오는 부장에게 이야기했다.

"부장님, 우리가 직접 매장 사업을 하면 어떨까요? 초록마을 잡지에 실린 걸 매장에서도 팔고 배송도 하면 좋을 듯싶은데."

"갑자기 뭔 소리야?"

"아니, 건너 건너(벤더사) 상품을 받다 보니 마진도 적고요, 다른 곳은 다 매장이 있는데 우린 없잖아요."

점심 잘 먹고 건넨 실없는, 실없지만은 않았던 이야기는 몇 달 뒤 사업이 됐다. 부장이 사업계획서를 쓰는 사이 나는 매장 운영에 대한 계획을 짰다. 상품 카테고리를 만들고 상품을 채워 넣은 일이 내 몫이었다. 상품을 채워 넣으면서 곰곰이 생각해 보았다. 매장에 편의점처럼 수시로 사람이 오가지 않는다면 운영에 문제가 좀 있을 것 같았다. 사람이 오지 않는 시간에 올릴 수 있는 매출이 있다면 좋을 듯싶었다. '선식'이 딱 하고 생각났다. 지금이야 오프라인 매장이 다 사라졌지만 그 당시에는 선식, 생식에 대한 관심이 대단했다.

'친환경 매장+선식 사업' 모델이 그렇게 탄생했다. 선식을 접목시킨 이유는 간단했다. 선식은 먹는 사람만 먹는다. 게다가 선식과 생식은 건강에 관심이 많은 사람이 주로 먹었다. 사람이 없는 시간을 활용할 수 있는 장점도 있다. 게다가 결정적으로 마진이 좋았다. 선식의 재료는 모두 국내산으로 했다. 일부 수입 제품은 업체랑 협의해 모두 국내산으로 전환했다. 상품 준비를 하면서 전국을 다녔다. 매장 오픈을 준비하면서 상품을 채우는 일이 가장 중요했다. 선식 업체에 대해서는 백화점에서 일할 때 선식 매장 오픈을 해본 경험이 있어 크게 신경 쓰이지 않았다.

문제는 모든 상품을 소싱하기 위해 출장을 가야 한다는 것이다. 나는 매장 사업에 정신이 없는 가운데 결혼을 했다. 2002년 6월 22일, 한일월드컵 스페인전 당일 날 말이다. 그리고 한 달 뒤 7월 21일이었나? 마포 매장을 오픈했다.

신혼여행에서 돌아와서도 정신없이 다녔다. 완도 출장이 잡혀 있었다. 김과 미역, 다시마를 공급해 줄 곳이 완도 읍내에 있었다. 사무실에서 일하다가 7시쯤 퇴근해서 집에서 밥 먹고 잠시 쉬다가 밤 12시에 완도 출장을 떠났다. 완도까지 4차선 도로가 뚫린 지금과 달리 그때는 왕복 2차선 도로였다. 스마트폰이 세상을 지배한 지금과 달리 지도가 필수였던 시절, 출발하기 전 지도로 목적지 검색은 필수였다. 서해안 고속도로를 타고 목포까지 가서 몇 번 국도를 타고 어디서 갈아타면 되겠다 하며 머릿속으로 내비게이션을 찍고 다녔다.

밤 12시에 출발하면 낮 12시에 도착했다. 새벽에 목포에 도착해 사우나에서 잠시 눈을 붙이고 출발하면 딱 그 시간이었다. 협의를 끝내고 1시 넘어 출발해서 집에 오면 다시 밤 12시가 됐다. 우리 집에서 완도 읍내까지 들어갔다 오면 1000킬로미터가 조금 넘는다. 그렇게 다니면서 오픈 때 채운 상품 수가 대략 380개 정도 됐다. 부족함이 있어도 어느 정도 구색은 맞춘 숫자였다. 10년 뒤에는 1,900개까지 되었지만 말이다.

마포 매장을 오픈하고 나서는 퇴근이 따로 없었다. 퇴근했다가 밤에 다시 매장에 나가곤 했다. 더불어식품의 배송이 그때 오기 때문이었다. 따로 물류센터가 없기에 물건을 받으러 갔다. 배송이 오기 전 기다리고 있다가 받아서 진열하고 다시 퇴근했다.

서른셋, 그때는 그렇게 일하는 게 즐거웠다. 뭔가 만들어 낸다는 보람이 있었다. 이때가 지금의 나를 만든 시작이었다. 만들어 내는 재미를 알게 해줬다. 모자란 게 많지만 식재료 전문가라 소개받고 있는 건 다 그 시절 덕분이다. 그러면 된 거다.

2장

식품을 통해 알아버린, 쓰고 달고 맵고 오묘한 기획의 세계

재고만 쌓이는 '뒷다리살'의 변신

간혹 입점 심사를 의뢰 받는다. 여러 상품을 살펴보다가 '사랑 애愛'가 상품명에 있으면 혼자 피식 웃는다. 2005년 혹은 2006년인지 정확하지 않다. 그 무렵일 듯싶다. 그 당시 나는 커다란, 도대체 해결 기미가 전혀 보이지 않는 문제에 봉착해 있었다.

친환경 매장에 오랫동안 고기를 공급하고 있는 '씨알 축산'이란 업체가 있었지만, 나는 사업 초기에 경쟁점과 다른 상품을 공급하기 위해 축산에도 손댔다. 홍성의 생산자가 소를 키워주기로 했다.

생각은 이랬다. 순환 농법. 우리가 소를 키우고, 축분은 다시 논으로, 볏짚은 다시 소 먹이로 활용되는 방식. 이런 생각으로 가맹점 사업이 열 개 조금 넘었을 때 회사에 송아지 사달라고 기안을 올렸다가 몇 번 퇴짜를 맞았다. 그런데 결재도 안 난 상황에서 업체에서 덜커덕 송아지를 들인 것이다. 나는 약속한 것이 있기에 송아지 대금을 줘야 했다. 알고 지내던 업체에 사정 이야기를 해서 3,500만 원을 내 이름으로 빌렸다. 그 돈으로 송아지 입식 자금을 우선 해결했다. 기안이 통과되고 돈이 나왔을 때 얼마나 안심이 되던지.

순환 농법이라는 큰 꿈의 한 축이라는 것을 아는지 송아지는 홍성에서 무럭무럭 자랐다. 마블링이 본격 등장하던 2005년, 나는 반대의 길을 갔다. 황소를 거세하지 않았다. 친환경 매장에서 파는 소고기는 달라야 한다고 생각한 것이다. 동물 복지는 아니더라도 자연 그대로 기르는 것이 맞다고 생각했다. 물론 반대는 많았다. 거세를 하지 않으면 마블링이 잘 형성되지 않는다. 마블링이 없으면 못 판다는 가맹점의 엄포도 있었다. 게다가 생고기도 아니고 냉동이었다. 지금이야 냉동 고기에 대한 인식이 그리 나쁘지 않지만, 그때는 최악이었다. 더욱이 생산비 보존 차원에서 소 값은 3등급이 나오든 말든 1등급 이상으로 했다.

매입 조건 때문에 "미친놈"이란 소리를 많이 들었다. 그러나 생산 비용에 일정 이익까지 보장하려면 그 가격이 맞았다. 욕먹으면서 가격을 그리 결정한 것은 생산비가 보장돼야 맛 좋은 고기가 나온다고 생각했기 때문이다. 이 생각은 20년 가까이 지난 지금도 변함이 없다. 돼지도 무항생제로 홍성의 농가에서 같이 키웠다.

초록마을을 만들어 가면서 가장 잘했던 일 중에서 손가락 안에 꼽는 일이 축산 독자 브랜드 구축이었다. 생협, 한살림도 안 하던 일을 우리가 먼저 했다. 하지만 세상 모든 일이 양이 있으면, 음이 있다.

상품은 잘나갔다. 잘나가는 부위만 그랬다. 잘나가는 부위가 있으면 남는 부위도 있다. 등심, 안심, 갈비는 모자랐다. 600킬로그램짜리 소를 잡으면 안심은 500그램 포장으로 20개가 안 나왔다. 1킬로그램 조금 넘게 나오는 특수 부위는 아예 공급할 생각조차 못 했다. 등심 공급하자고 무작정 소를 잡을 수가 없었다. 때가 되면 송아지는 큰 소가 된다. 그때를 맞춰서 도축해도 남는 부위가 내 목줄을 조였다.

소를 잡고 나면 엉덩이살과 뼈가 남았다. 목심이나 양지는 그럭저럭 나갔다. 모자라거나 적당하거나 혹은 남아돌거나 그랬다. 남아도는 게 적당해야 하는데 적당함을 넘어 냉동창고에 쌓여만 갔다. 반기별로 재고 조사하고 나면 골치가 아팠다. 해결 방안을 찾아야 하는데 쉽지가 않았다.

축산 하는 사람들 공통의 문제점이 재고 처리다. 버크셔 돼지를 판매하고 컨설팅을 해주면서 삼겹살이나 목살은 이야기조차 안 했다. 돼지는 뒷다리살이 가장 문제다. 외국에선 모자라다. 그걸로 생햄을 만들기 때문이다. 우린 구워 먹기에 삼겹살과 목살이 주로 나간다. 그래서 버크셔 돼지를 재료로 한 만두를 기획했다. 과부 사정은 홀아비가 잘 안다. 2000년대의 나는 홀아비였다. 2010년대 버크셔의 심정을 누구보다 잘 알았기에 그걸로 만두를 만들었다.

소 뒷다리살을 처리해야만 하는 커다란 문제에도 직면해 있었다. 소고기도 뒷다리살이 많이 남았다. 소 뒷다리살로는 육포를 만들었다. 발색제를 빼고 만들었는데, 아주 조금씩 나가는 것이라 재고 처리에 큰 도움은 되지 않았다. 그래도 재고 처리를 위해 시작한 상품이었다. 그 뒤를 잇는 기획 상품이 있어야 했지만 딱히 없었다. 그러던 어느 날 가맹점주와 통화를 했다. 이런저런 이야기 끝에 안심 나오면 자기 몇 개 더 챙겨 달라 하기에 알았다고 하면서 물었다.

"안심은 왜요?"

"젊은 엄마들이 아이 이유식으로 쓴다고. 기름도 적고, 심줄도 없어서 좋대."

기름기는 이해가 됐지만, 심줄은 이해가 안 됐다. 보통의 다짐육은 말 그대로 갈아 버리기에 심줄이 제 기능을 못한다. 기름기를 손질하면서 나오는 지방까지 넣어서 갈아버리는 경우가 많았다. 다짐육은 '특별한' 부위가 없었다. 작업해서 진열해 놓은 것 중에서 할인 판매까지 하다가 남는 것을 주로 한다.

통화를 끝내고 얼마나 시간이 지났는지는 모른다. 전북 완주인지, 충남 홍성인지도 모른다. 생고기를 먹고 있었는지, 아니면 낚시터에서 혼자 밤낚시를 할 때였는지도 가물가물하다. 명확한 것은, 스치듯 어떤 생각이 지나갔고 난 그 생각을 붙들고 있었다는 것이다. 나도 모르게 혼잣말을 했다.

"어, 생고기!"

생고기는 말 그대로 생으로 먹는다. 생고기로 먹는 부위는 '특별한' 부위다. 주로 엉덩이살을 먹는다. 그 부위를 사용하는 이유는 이렇다. 특별히 기름이 적고, 심줄도 없다. 이유식을 위해 안심을 찾는 엄마들의 고정 멘트와 같았다. "뒷다리살로 이유식을?"

괜찮을 것 같았다. 원하는 안심은 원활하게 공급하지 못해 욕은 욕대로 듣던 상황도 어느 정도 해결할 듯싶었다. 협력사에 의견을 전달했다. 뒷다리살로 이유식용 다짐육을 만들어 달라 했다. 아무 부위로 만들던 다짐육을 '특별한' 부위로 만든 최초의 상품이 탄생했다.

포장도 1회용으로 나눴다. 덩어리째 포장해서 판매하면 요리할 때마다 해동과 재냉동을 반복해야 하는데, 이러한 불편함을 없앴다. 안심은 모자라고, 뒷다리살은 남아돌고, 생고기를 먹은 세 건의 사건이 합쳐져 만든 상품이었다. 재고도 나를 압박했다. 내 머릿속에는 소고기 재고가 항상 자리 잡고 있었다. 문제를 해결하기 위해서는 거기에 매달리는 것도 방법이지만 문제를 잠시 놓았을 때 해결이 되는 경우가 있다.

마케팅팀에 상품 의도를 전달하고 이름을 지어 달라 했

다. 몇 가지 안이 왔고 그중에서 '우리 아이 입안 애愛'가 낙점. 아이를 사랑하는 마음도 잘 담겨 있었고, 특히 '애'와 '에'의 발음이 비슷해 말도 맞았다. 우리 아이 입안 애, 이유식용 다짐육이 탄생했다. 전에 있던 다짐육 상품과 달리 특별난 부위를 사용했고, 이름을 바꿨다. 그러자 매출이 달라졌다. 평소에 나가던 다짐육의 몇 배가 나가기 시작했다.

이후 이유식용 시리즈는 앞에 '우리 아이'가 붙었다. 새우살, 대구살, 닭고기살을 비롯해 김가루에까지 붙였다. 초록마을 고객들 대부분은 임신을 기점으로 찾아오기 시작했다가 아이들이 학교에 다니면서 떠나는 이들이 많았다. 그 사이에 있는 고객들 마음에 쏙 드는 제품명이었다. 덕분에 재고 처리도 어느 정도 할 수 있었다. 궁극적인 해결책은 아니었지만 말이다.

그때 만들었던 상품은 여전히 초록마을에서 팔리고 있다. 여러 카피 제품들이 시장에서 팔리고 있다. 할인점에 가면 냉동 포장한 이유식용 다짐육을 본다. 일정 양이 칸칸이 나뉘어 있다. 빙그레 웃고 지나간다. '저게 어떻게 하다가 나왔는지 알고 카피한 걸까?' 하며 말이다.

사표를 썼다

2006년 6월 31일 사표를 던졌다. 직장을 다니는 누구나 가슴에 사표를 품고 있을 것이다. 사실 품고만 다니지 제출하기는 쉽지 않다. 몇 날 며칠의 고민도 없이 회의를 끝내고는 자리로 돌아와 바로 썼다. 사표를 내지 않고 던졌다. 그만한 까닭이 있다. 이유인즉, 회사가 약속을 지키지 않았다.

"회사에 이런저런 사정이 있어……. 진짜 마지막으로 한 번 더 해줘."

얼마 전 전체 상품에 대한 마진 조정이 있었다. 2005

년 말에도 한 번 조정을 했다. 3월에 하면서 저 약속을 했다. 금년엔 더 이상 없다고 말이다. 그 약속을 엎고 6월에 또 해달라고 한다. 3개월 만에 재조정. 진짜 말이 안 되는 일이었다. 말이 조정이지 솔직히 표현하면 '삥 뜯기'다. 그 당시 수익률 조정을 통해 다른 업체에 회사를 판매하려는 시도가 있었다. 대충 눈치만 챘지 정확한 것은 후에 알았다. 보통 1년에 한 번 정도 판매 마진 조정을 하는데 2005년 말에도 통상적인 마진 조정이 있었다. 유통업체마다 시기만 다를 뿐, 매년 조정 작업을 한다.

이게 보통 일이 아니다. 많게는 몇 퍼센트, 적게는 1퍼센트 마진을 올린다. 이 일을 시작하면 다른 업무는 못 한다. '삥'은 1~2퍼센트 뜯지만 벼룩도 낯짝이 있다고 6개월 사이에 세 번 마진 조정은 생각조차도 하지 말아야 하는데 실제로 일어났다. 그 부당함을 참을 수 없어 사표를 던진 것이다. 내 사표로 인해 변하는 것은 없었다. 다만 남아 있는, 마진만 올려서 이익을 확보하려는 사람들에게 분명한의사를 전달하고 싶었다. 그러지 말라고 말이다. 회사인지 양아치 집단인지 구분이 안 가는 상황이었다.

마진 조정은 양날의 검이다. 하긴 세상사 양날의 검이 아닌 경우는 드물다. 아예 없나? 잘 사용해야 함에도 그렇게 하기가 어렵다. 조정 받는 쪽에서는 억울하고, 조정 해 달라는 입장에서는 겨우 그 정도로 우는소리 하냐고 생각하게 된다. 그 일을 시작하면 만사 제쳐놓고 사방으로 어려운 전화를 한다. "사장님 안녕하세요. 저희 회사 사정이……(어쩌고 저쩌고)" 하는 소리가 칸막이 건너 들려온다. 1년에 한 번 하기 어려운 것을 6개월 동안 세 번이나 하려니 팀원들에게 참으로 미안했다. 팀원들이 조정하다가 안 되는 것이 있으면 그때는 내가 나섰다. 수화기 너머 목소리가 완강하다 싶으면 출장이다. 수없이 다녔어도 이런 일로 가는 길은 즐겁지 않았다.

그래도 일은 일. 출장 가서 이야기하다 보면 풀린다. 마진 조정을 하면서 새로운 상품에 관해 이야기를 해준다. 병 주고 약 주는 격. 그래도 팀장이니 그렇게라도 해야 일이 풀린다. 한번은 한과 업체로 마진 조정을 하러 갔을 때 이런저런 이야기를 하다가 신상품 아이디어가 떠올랐다. 대롱 강정. 어차피 한과 업체에서는 쌀 튀밥을 쓴다. 유과 튀긴 것에 무쳐야 하니 말이다. 그렇다면 대롱 강정 만들기 위해 별도의 시설을 세우거나 따로 원재료를 매입할 필요가 없었다.

마진 조정을 하고 대롱 강정을 약으로 줬다. 대롱 강정이라는 게 없던 것이 아니다. 초록마을에만 없었지 일반 상점에는 있던 상품이었다. 다만 그때까지 그것을 팔 생각을 못 했을 뿐이다. 궁함의 끝에서 건어올린 아이템이었다. 이 상품은 두고두고 '효자템'이 되었다.

MD에게 마진 조정은 가장 중요한 업무다. 판매 마진이 곧 회사의 이익으로 직결된다. 그 당시 사표를 낸 이유는 조정 횟수가 문제였고, 약속의 문제였기 때문이다. 분명 3월 조정에서 올해에는 더 없다고 이야기했고, 나는 그 이야기를 믿고 팀원들과 함께 조정 작업을 했다. 마진 조정이라는 게 며칠 내로 끝나지 않는다. 통화하고 뭐 하고 하다 보면 몇 주 후다닥 지난다. 3월에 했다면 적어도 4월에 마무리가 된다. 그런데 6월에 다시 조정? 이건 말이 안 되는 일이었다.

사표를 냈지만 조정은 했다. 6월 31일에 사표를 제출했는데 9월 30일로 퇴사일을 기재했다. 팀장이니 내 후임 뽑을 시간을 고려했다. 회사 생각 참 오지게도 했다.

지금도 기억이 생생하다. 회의 끝나고 나서 바로 자리에 앉아 사표를 작성하고 출력했다. 머릿속으로 아내가 떠올랐지만, 도저히 용서가 안 됐다. 사표를 냈고 잠시 후

이사의 호출을 받았다. 낯술 시작이었다. 그래도 내 고집은 꺾이지 않았다. 3개월 동안 회유가 있었다. 내 생각을 접지 않았다.

유통업에서 마진 조정은 마약과도 같은 것이다. 달콤한 유혹이다. 1퍼센트 조정이면 별것 아닌 것 같지만 누계로 따지면 어마어마한 돈이다. 100만 원에 1퍼센트면 천 원이지만 100억 원의 1퍼센트는 1억 원이다. 그런 식으로 계산을 굴리다 보면 신상품 개발이 어렵다. 협력업체 특성이 그렇다. 돈이 된다고 생각해야 덤빈다.

반대로 10억 원대 매출 올리는 곳에 마진 조정을 1퍼센트 하면 이익이 천만 원 줄어든다. 땅 파서 장사하지 않는 한 본전 생각이 간절하다. 본전 생각이 간절하면 원가 절감을 생각하는데 원가를 절감할 수 있는 게 사실 딱히 없다. 그나마 원가에서 가장 큰 부분을 차지하는 직접 재료비를 손대는 게 가장 쉽다. 안 좋게 생각하면 원산지를, 혹은 인증을 속이게 된다. 친환경 매장에서 원산지 문제나 인증 문제는 다른 곳보다 훨씬 더 크게 다가온다.

때문에 마진 조정은 조심스러운 접근이 필요하다. 또한 매출은 답보 상태인데 마진만 시나브로 까인다면 간이며 쓸개까지 내주려고 했던 마음을 서서히 접는다. 나중에는 원래 납품하던 곳이니 하던 대로 하겠다는 식으로, 신상품 제안을 해도 반응이 시큰둥하다. 왜? 돈이 안 되기 때문이다. 매출은 나오겠지만 실제로 남는 게 없으면 할 이유가 없다. 아니면 마진 생각해서 상품 가격을 올리면 출시 초기에 판매가 부진하다. 마진 조정은 종국에는 가격 인상을 부른다.

악순환은 마진 인상 유혹에 빠지는 순간 시작된다. 유통업체의 부침은 신상품의 수급에서 결정 난다. 잘 돌아가는 곳에서는 신상품이 끊임없이 소개된다. 그리고 그 신상품 중에서 돈 되는 것이 나온다. 잘 안 되는 곳에서는 쓸데없는 상품이 소개된다. 소위 마진 높은 상품 위주로 말이다. 하나 팔더라도 마진 높은 것을 선호하다 보면 어느 순간에 상품 구성이 망가져 있다. 쿠팡이나 마켓컬리도 이런 고민을 하는 듯싶다. 생산자와 통화해 보면 예전에 내가 했던 혹은 내가 하지 않으려고 했던 것을 하고 있다. 눈에 띄게 결품도 많아지고 말이다.

나는 9월 30일까지 근무하고 퇴사했다. 미련은 있었지만, 후회는 없었다. 6개월 지난 후 재입사 제의가 들어왔는데 여러 가지 상황을 고려해도 들어가서 할 것이 없었다. 6개월이 지난 후 다시 와달라는 연락을 받았다. 마진 조정 이야기는 하지 않겠으니 다시 입사하면 어떻겠느냐는 제의였다. 나간 지 1년 만인 2007년 10월 1일에 재입사했다. 들어갈 때 약속처럼 당장은 마진 조정 얘기가 없었지만, 나중에는 마진 조정을 했다. 속은 내가 바보였다.

다시 입사하면서 커다란 선물 하나를 들고 들어갔다. 바깥에서 딱 1년을 보내면서 초록마을과 친환경 매장을 봤다. 딱 하나 없는 게 바겐세일. '대행사'라는 이름을 걸고 전 상품 에누리를 했다. 대박에 대박을 터트렸다. 한 달 매출액 100억 원을 찍었다. 그런데 그게 부메랑이 되어서 내 목을 칠 줄이야.

기록적인 성공을 이룬 기획의 어두운 그림자

1년밖에 안 되는 시간이었지만, 친환경 식품업계를 객관적으로 지켜보고 성찰하기엔 충분했다.

바깥 시장에는 있는데 여기 없는 게 무엇일까? 상품 수는 비교하기 힘들 정도로 차이가 난다. 뭐 넣는 것보다는 빼야 하는 것이 많은 관계로 신상품이 많지 않았다. 가령 친환경 제품에는 첨가물을 최소화해야 한다. 오렌지주스가 변색되는 걸 막아주는 비타민C, 유자차와 대추차 등에 들어가는 절편을 골고루 퍼지게 하는 카라카난 등은 엄격한 기준에서 소량으로 첨가된다. 이런 여건에서 새로운 제품을 만들기가 쉽지 않았다.

1년을 바깥에서 보내면서 지켜봤다. 수많은 상품을 만들었어도 제 3자의 입장에서 본 적은 없었다. 나를 돌아보고, 초록마을을 돌아본 계기였다. 퇴사했어도 시장의 흐름은 초록마을이나 올가에서 살펴봤다. 아이를 위해 한입거리 간식이더라도 제대로 키운 것을 먹이는 것이 맞다고 생각했고, 그 생각은 지금도 유효하다. 여기서 '제대로'의 의미는 농약과 비료의 힘이 아닌 것이다. 과일을 보더라도 크고 예쁜 것보다는 작더라도 옹골찬 것을 골랐다.

시장 보러 간 어느 날, 올가 혹은 초록마을의 매장이었는데, 매장에 있는 전단지를 쓱 보다가 어떤 생각이 머릿속을 스쳐 지나갔다. 예전에 백화점에서는 자주 했던 바겐세일! 가끔 가격 행사나 모음전 같은 행사는 올가든 생협이든 진행하곤 했다. 매실 나오는 철이면 매실과 설탕을, 복날이면 삼계탕 등을 말이다. 전투로 보자면 게릴라전은 있어도, 적벽대전처럼 전 병력을 몰아서 한 싸움은 없었다.

하면 될 듯싶었다. 본사, 가맹점, 협력사가 판매 마진을 조금씩 줄인다면 가능성이 보였다. 떠나 있으면서 이런 생각을 품고 있었다. 입사한 후 회의 시간에 발표했지만 부서장들 사이에서 OK 사인이 났다. 안 나면 오히려 더 이상한 일. 매출 올린다고 하는데 반대할 까닭이 없지 않은가?

본사 마진과 가맹점 마진 부담을 두고 영업부와 의견 충돌이 있었다. 며칠 동안 사무실 분위기가 싸늘했다. 말도 안 되는 주장을 하기에 끝까지 싸우려고 했다. 맘에 들지 않지만 결국 영업부의 의견을 받아들이고 돌격하듯 진행했다. 협력사들 입장에서야 전에 하던 세일과 크게 다를 것이 없었다. 으레 하던 것에 본사 공급 마진을 줄여서 세일에 동참하겠다고 하니 두 손 벌려 환영하는 분위기였다. 협력사 중 정말 형편이 안 되는 곳은 본사 마진을 줄여서라도 진행했다. 세일이 별거겠냐 싶지만은 친환경 매장에서는 전례가 없던 일. 누구나 할 수 있는 일이었지만 아무도 하지 않았던 일을 했다.

결론부터 말하자면 성공. 물류가 마비될 정도로 주문이 밀려들었다. 예상보다 높은 관심이 그대로 매출에 반영됐다. 가맹점은 즐거운 비명을 질렀다. 열성 가맹점은 품절난 상품과 늦은 배송에 욕을 퍼부으면서도 상품을 더 달라고 했다. 정확한 숫자는 기억나지 않지만 며칠 진행한 세일 기간 동안 한 달 매출액이 나왔다.

반신반의하던 회사도 놀라워했다. 놀라운 결과를 확인하고 이듬해 봄에 다시 하자는 의견이 나왔다. 사실 난 반대했다. 처음에 제안한 것도 1년에 단 한 번 세일을 하자는 것이었다. 평소에도 개별 품목에서 세일이 있기에 굳이 할 이유가 없었다. 임원들 선에서 봄과 가을, 1년 두 번 세일 행사를 하기로 결정이 났다. 나는 그 결정에 왈가왈부하지 않았다.

그렇게 봄 세일을 진행하고 가을이었나 이듬해 봄이었나 한 달 매출액이 100억 원을 찍었다. 1년에 5억 원을 벌던 부서가 회사가 되고 100억 원까지 찍는 데 8년이 걸렸다. 하지만 미국에서 발생한 '서브프라임 모기지 사태(subprime mortgage crisis. 2007년 미국에서 촉발한 일련의 경제 위기 사건으로 세계 금융 시장에도 영향을 끼쳤다)'는 우리에게도 영향을 미쳤다. 회사는 긴축 재정에 돌입하고 사회 분위기는 뒤숭숭했다. 그럼에도 그해 연봉은 오를 거라 생각했지만 오판이었다. 연봉은 동결. 연봉은 오르지 않았어도 기분은 좋았던 해였다.(몇 년이 지나서 알게 된 사실은 임원끼리 올리고는 쉬쉬했다고 한다.)

세일은 빛과 그림자를 가지고 있다. 세일 동안에는 매장이 고객들로 들끓는다. 하지만 세일이 종료되는 다음 날부터 매장은 텅텅 빈다. 세일 이후 고객이 찾지 않는다는 건 세일할 때 살 만한 걸 산다는 뜻이다. 게다가 가맹점에서는 쟁여놓을 수 있는 건강보조식품 등 유통기한이 긴 상품을 창고에 쌓아놓기도 한다.

세일이 끝나면 매출이 많이 줄어든다. 세일 기간과 그 이후의 매출액이 평소 매출액보다 월등히 높으면 세일을 진행하는 것이 맞다. 하지만 두 매출액이 비슷하면 세일은 재고해야 한다. 원래 발생할 매출을 세일을 통해 미리 당겨왔을 뿐, 새로운 소비 창출에 실패했다는 뜻이기 때문이다. 상품이나 영업 전략을 새로 짜야 했다. 하지만 눈앞의 성과에 만족했던 우리는 시간을 두고 서서히 몰락했다.

또 한 가지, 대행사의 성공은 초록마을을 아주 맛난 먹잇감으로 바꿔놓았다. 재입사하기 전 500억 원대였던 매출액은 3년 만에 1000억 원이 되었다. 늑대들이 하나둘 모여들기 시작했다. 대기업에서 눈독을 들이기 시작했다. 몇 군데 회사가 하마평에 오르락내리락하더니 초록마을도 '대상'으로 넘어갔다. 아주아주 헐값에 말이다. 정확한 액수는 모른다. 들은 이야기로는 100억 원이었다. 매출 1000억 원대 회사를 100억 원에 손에 넣었다. 내 기억으로는 그 당시 직영점만 50개였는데 직영점 자산만으로도 사고판 금액에 맞먹었다. 게다가 계약 옵션으로 '한겨레'는 향후 10년 동안 식품 사업을 하지 않는다는 조건까지 있었다고 한다. 뭐가 그리 급해서 헐값에 넘겼는지 지금도 궁금하고 궁금하다. 2022년에 대상은 초록마을을 1000억 원에 매각했다. 다시 생각해도 헐값이다.

그렇게 회사를 팔아먹은 임원들은 하나둘 떠나가기 시작했다. 나는 팀장직에서 면직됐다. 게다가 직책이 부장인 내가 차장이 팀장으로 있는 곳에 발령이 났다. 나가라는 소리였다. 처음에는 잠시만 있으라고 했다. 그렇게 8개월을 보내다가 퇴사했다. 그 후 '총각네야채가게'에서 잠시 일하다가 선배가 운영하는 회사에 다시 들어갔다. 2006년 10월부터 이듬해 9월까지 일하던 곳이었다.

2011년, 2012년. 그 당시는 소셜 커머스가 두각을 나타내기 시작할 때였다. 새로운 업태에 관심을 가지고 지켜보고 있었다. 총각네야채가게에서 같이 근무했던 팀원 하나가 '원어데이'라는 곳에서 일하고 있어 관심이 컸다. 그러다 친구에게 연락을 받았다. 예전에 바이엔조이에서 일할 때 만난 친구로 거의 10년 만에 전화로 목소리를 들었다. 나는 그가 쿠팡에서 근무하고 있는 줄도 몰랐다.

고급스러운
PB 상품을 고집했다

PB, 'Private Brand'을 말한다. 제조사가 아닌 유통업체가 자기 브랜드를 붙이고는 재고와 판매에 대해 모두 책임지는 상품이다. 그렇게 알려졌고 그렇게 알고들 있다. 하지만 자세히 알아보면 아니다. 그냥 포장지만 바뀐 상품일 뿐이다. 일명 '포대갈이' 상품이다.

예전에 공해상에서 이런 일이 자주 벌어졌다. 중국 배와 우리 배가 먼 바다 위에서 만났다. 긴급한 미팅이 있는 것도, 친분을 도모하기 위한 것도 아니다. 값비싼 참조기를 중국 배로부터 건네받기 위해서다. 서해를 회유하는 어종인 참조기. 중국 배가 잡으면 중국산, 국내 어선이 잡으면 국내산이 된다. 같은 곳에서 잡아도 그렇다. 중국 배가 잡은 것을 국내산으로 둔갑시키는 것은 간단하다. 중국 박스를 버리고 우리 박스에 담으면 원산지가 바로 바뀐다. 그렇게 내용물은 같고, 포장지만 바꾸는 것을 포대갈이라고 한다.

PB가 그렇다. 내용물은 안 바뀐다. 유통업체에서는 품질 관리를 하고 어쩌고저쩌고한다. 거의 '구라'다. 유통업체 담당들이 PB에 매달릴 여력이 있을까? 서류 작업과 매출 보고만으로도 정신없는 사람들이 바로 담당들이다. 상품이 적당하면 포장지만 그럴듯하게 바꾼다. 그렇게 나오는 것이 대부분이다. 소비자들은 그저 가격이 저렴하니 산다. 가격만 본다면 괜찮다. 품질까지 본다면 물음표가 네댓 개는 붙을 것이다.

유통업체에서 PB를 하는 이유는 하나다. 마진이다. 협력사와 매년 마진 협상을 하는데 제조사가 화수분도 아니고 매번 올려줄 수는 없다. 더 이상 진전이 없을 때 꺼내드는 것이 PB다. PB로 할 경우 협상 여지가 다소 생긴다. PB는 OEM Original Equipment Manufacturing, 주문자 상표 부착 상품이라고 생각하지만 아니다. OEM은 디자인이나 품질 관련한 것은 주문자가, 생산은 제조자가 하는 방식이다. 그렇다면 PB는 ODMOriginal Design Manufacturing이라 해야 하는 게 맞다. 이는 제조자가 개발과 생산을 모두 책임지는 방식이다. 제조나 개발 노하우가 전혀 없는 유통업체가 취할 만한 방식이다.

다국적 기업 'P&G'는 자체 공장이 없다. 모든 상품을 OEM 생산한다. '아디다스'나 '나이키'도 마찬가지다. 그 외에는 ODM이라 보는 것이 맞다. OEM이든 ODM이든 아무 제조사나 해주는 것도 아니다. 시장 점유율 1위 업체는 그런 거 안 한다. 'CJ', '농심', '오뚜기' 등등 국내 시장에서 지배력 있는 업체는 자기 브랜드 생산하기도 바쁘다. 이마트나 홈플러스, 쿠팡에서 파는 PB는 대부분 시장 점유율이 3~4위나 그 이하의 업체와 만든다. 서로 윈윈이다. 한쪽은 시장 점유율을 높일 수 있고, 한쪽은 마진을 챙길 수 있다.

마진이 바로 PB의 품질을 떨어뜨리는 원흉이다. PB는 고품질의 상품을 유통사 자사 브랜드로 만든 것이라고 흔히들 생각한다. 의미는 맞지만 현실은 다를 수 있다.

우리나라 유통업체의 PB는 가격만 따라 한다. 업체를 어르고 달래서 어떻게 하든 가격은 맞춘다. 그 사이 화장지와 A4 용지는 얇아지고, 곰탕의 고기는 사라지거나 흔

적만 남는다. 편의점 커피도 일본에서 도입한 것이다. 가격은 비슷한데 커피 맛을 보면 차이가 많이 난다. 시스템을 들여오면서 품질은 항상 두고 온다. 편의점 커피뿐만이겠는가? 다른 PB 상품도 마찬가지다.

초록마을에 근무할 때였다. 매장에 상품을 운영하면서 첫 번째 PB로 미숫가루를 만들었다. OEM과 ODM 사이에서 왔다 갔다 하면서 만들었다. 우선 기본 레시피를 받았다. 2003년 당시는 미숫가루에 들어가는 재료를 줄여서 5곡이나 7곡이 유행하고 있었다. 레시피를 받으니 7곡이었다. 업체와 협의하에 15곡으로 만들었다. 유기농이 안 되는 것은 무농약, 저농약, 국내산으로 하는 원칙을 세웠다. 유기 농가는 찾아보기 힘든 시절이었고 대부분이 저농약이나 무농약이었다. 가물가물한 기억이지만 대략 유기농 함량을 80퍼센트대에 맞췄다.

가격을 책정하고 부장한테 결재해 달라고 들이밀었다. 내가 책정한 가격은 비쌌다. 경쟁하는 곳보다 꽤 비싼 가격으로 책정했다. 일단 재료가 최상이었고, 조합이 괜찮았다. 상대적으로 가격이 저렴한 보리 함량을 줄이고 가격이 높은 찹쌀 현미 함량을 높였다.

출시 이후 미숫가루를 먹은 다음에도 속이 편안하다는 후기가 인터넷에 많이 올라왔다. 가맹점주들도 처음에는 가격에 놀랐다가 상품성에 반했다. 부장은 처음에는 내가 책정한 가격을 못마땅하게 생각했다. 소위 PB라는 건 가격이 저렴해야 한다는 논리였다. 부장 말이 맞았다. PB는 다들 그렇게 알고 있었다. 미숫가루는 그런 생각을 깨려고 만든 상품이었다. PB는 결코 싼 상품이 아니란 걸 알리고 싶었다. PB는 자사의 상품이다. 자사의 브랜드를 붙이는 데 싼 것에만 붙인다? 그건 제 살 깎아 먹기라 생각했다.

그래서 설명을 했다. PB는 두 가지다. 하나는 싼 거, 피갈이(포대갈이) 하면 가격 싼 것을 출시할 수 있다. 제대로 된 것을 팔자고 초록마을을 론칭했기에 우리의 PB 상품은 그래서는 안 된다고 주장했다. 상품의 지향하는 점과 상품 콘셉트를 설명했다. 친환경, 유기농에 걸맞은 상품이 필요하다. 수평적으로 미숫가루 이름만 보고 판단해서는 안 된다. 속 내용을 본다면 결코 비싼 것이 아니라고 설명했다. 몇 날 며칠을 단가로 씨름하다가 내 의견을 들어줬다.

그렇게 해서 '초록마을 1호 PB'가 탄생했다. 처음에는 재료 1톤이 들어갔다. 재료를 다시 준비하는 데 수개월이 걸렸다. 가격 저항력으로 인해 초기 판매는 부진했다. 아주 잠깐, 가격을 맞춰볼까 고민했지만 그대로 밀어붙였다. 점차 매출이 늘면서 한 달에 한 번 1톤씩 만들었다. 나중에는 한 달에 10톤을 만들기도 했다.

가격은 누구나 낮출 수 있다. 좋은 품질은 누구나 만들 수 없다. 그렇게 하기에는 태클 거는 인간들이 회사 내에 널렸다. 미숫가루가 향후 초록마을의 PB를 만들 때 기준이 되었다. 가격보다는 품질이 먼저였다.

쿠팡이든 이마트든 온오프를 아울러 대형 매장에서 장을 보면 PB를 우선 살펴봤다. 즉석 식품, 햄, 어묵 등 식품을 포함해서 생활용품을 일부러 사봤다. 음식을 해보면 피갈이 티가 많이 났다. 어육 함량이 부족하거나 육개장에서는 고기를 보물찾기 하듯 찾아야 했다. 어떤 제품은 붙어 있는 브랜드와 상관없이 품질이 비슷했다. 제조사 A가 쿠팡이든 이마트든 혹은 대기업 상품을 같이 생산하는 경우가 많기 때문이다. 가격도 품질도 비슷한데 브랜드만 다른 상품이 차고 넘친다.

할인점이나 쿠팡에서 요구하는 마진은 35퍼센트 이상

이다. 여기에 이런저런 비용까지 합치면 대략 판매가의 45퍼센트 정도를 제조사에서 부담한다. PB는 그보다 더 할 것이라 생각한다. 그렇기에 PB가 더 좋을 것이라는 생각은 접어야 한다.

PB가 아닌 상품의 마진이 35퍼센트에 10퍼센트의 부대비용 든다면, PB는 그 이상을 취해야 할 명분이 생긴다. 적어도 50퍼센트 안팎일 거라 추측한다. 그냥 하면 45퍼센트인데 PB로 하면 그 이상을 내야 한다.

제조업체 입장에서는 좋으면서도 주판알을 튕겨보면 계산이 잘 안 선다. 어디선가 이익을 챙겨야 한다. 제조에서 손쉽게 원가를 줄이는 방법은 재료 가격을 낮추는 것뿐이다. 인건비, 광열수도비, 물류비, 포장비는 마른 수건이다. 그나마 있는 틈이 원재료다. 마진을 줄여서 가격을 낮췄다는 이야기를 하는데 어디서 마진을 낮췄는지는 담당만 안다.

PB는 싼 것을 파는 것이 아니다. 내 얼굴을 판다고 생각하면 함부로 만들어 팔지는 않을 것이다. PB는 유통업체가 마진 확보를 위해 드는 최후의 칼이다. 적어도 우리나라에서는 말이다.

"고객의 입장에서 합리적 소비를 위해 PB 상품을 만들었습니다."

흔히 PB 상품을 이렇게 설명한다. 고양이 쥐 생각이다.

마진 없는
'대왕 랍스터 완판'이 남긴 것

평상시처럼 온라인으로 들어온 입점 신청서를 살펴보고 있었다. 일주일에 한두 번 날을 잡아서 처리하곤 했다. 맨 처음 쿠팡에 입사했을 때였다. 식품팀에는 육가공, 과자, 음료, 건강식품, 과일, 채소 등 분야별 담당이 정해져 있었다. 담당들이 제때 처리하지 않아 쌓이고 쌓였던 입점 신청서가 어느새 수백 건이 되었다. 담당들을 불러서 따끔하게 뭐라고 했다. 아마 담당들 입장에서는 잔소리처럼 느껴졌을 거다. 하지만 신청서를 낸 사람들은 쿠팡을 바라보고 입점을 신청했을 것 아닌가?

"당신들은 왜 그 사람들의 바람을 무시하는 건가? 된

다, 안 된다 결과를 분명히 알려주면 막연하게 기다릴 일은 없을 것 아닌가? 왜 사람을 기대하고 기다리게 만드는가? 그런 사람들이 지쳐서 떨어져 나가는 순간 안티가 된다."

몇 번을 강조해도 개선되지 않았다. 급한 놈이 우물 판다고 담당들 권한을 회수하고 내가 입점 신청서를 관리하기로 했다. 입점 신청서를 조회해 보면 1년 넘은 것도 있었다. 오래된 것부터 점검하기 시작했다. 입점 신청서를 보면 그 기업의 수준을 안다. 어떤 곳은 견적서조차 없이, 또 어떤 곳은 즉석 제조 판매업 신고만 하고 판매하고자 하는 경우도 많았다. 정중하면서도 명확하게 사유를 쓰고 거절했다. 백 건을 검토하면 한두 건 상담할까 말까 하는 확률이었지만 개중 대박 날 만한 상품들이 있었다. 랍스터가 그랬다. 입점 신청을 받아들이고 담당을 배정했다.

딜(업체의 상품을 파는 것)을 진행하기 전 담당이 먼저 판매처 점검을 다녀왔다. 쿠팡 식품팀은 업체 점검을 끝낸 다음 딜을 올렸다. 산지 점검을 하지 않으면 딜 진행은 못 하게 되어 있었다. 온라인의 허수 판매, 과대광고 등 일체의 판촉도 배제했다. 상품이 좋으면 후기가 잘 올라왔다. 상품이 별로라서 욕먹으면 그대로 두었다. 욕먹은 상품은 개선의 여지가 있다면 기회를 다시 주었다. 랍스터 판매가 생각보다 잘되었다. 후기도 괜찮았다. 랍스터 파는 곳이 궁금해 담당과 함께 일산으로 출장을 갔다.

상담을 하고 수족관을 둘러보다가 커다란 랍스터를 발견했다. 샘플로 보관하고 있었던 것으로 크기가 내 몸통만 했다. 한 손으로 들기에도 버거울 정도였다. 판매하면 재미있을 듯싶었다. 판매에서 가장 중요한 것은 가격이지만 고객들에게 호기심을 유발할 수 있는 점도 중요하다. 그 조건에 딱 맞는 상품으로 보였다.

그다음은 가격 결정. 한 번쯤 먹어보고 싶다는 생각이 들 만한, 즉 저 정도는 나를 위해, 가족을 위해 쓸 수 있겠다 싶을 정도의 가격을 고심해야 한다. 아무리 호기심이 인다고 해서 한 끼에 100만 원을 쓰기는 어렵다. 과소비가 뭔지도 모르는 사람들이 이건 사보고 싶다고 할, 9만 9천 원으로 책정했다. 한 마리 산다면 4인 식구가 랍스터를 원 없이 먹을 크기, 인당 2만5천 원 정도로 판단한 것이다.

이런 상품은 평상시의 마진을 생각해서는 안 된다. 마진은 최소로 했다. 협력사에도 내 뜻을 전했다. 우리 마진은 4퍼센트, 카드 수수료와 이런저런 비용을 합쳐도 손해가 최소화되는 정도만 하겠다고 했다. 업체 사장도 내 뜻과 의지에 호응해 주었다. 대신 수량은 100마리로 한정. 그렇게 딜을 준비했다. 회사에 보고하니 소소한 난리가 났다. 생각지 못한 딜이었기 때문이었다. 싸구려를 싸게 파는 것을 누구나 할 수 있는 일, 제대로 된 것을 싸게 파는 것은 쉽게 못하는 일이었다. 랍스터 100마리를 팔면 남는 것이 없었다. 당장 손실이 나지는 않지만, 들어가는 인건비, 촬영비, 작업비까지 고려하면 손해다. 게다가 쿠팡 메인 페이지 노출까지 생각하면 확실히 손실이었다.

그런데도 진행하는 이유는 간단하다. 손님에게 재미있는 경험을 주기 위함이다. 돈으로 사기 힘든 경험을 제공하는 것이었다. 자연에서 나는 것은 돈이 있다고 다 살 수 없다. 게다가 국내도 아닌 캐나다와 미국 국경지대에서 나는 특산품이자 한정품이다. 무엇보다도, 살면서 아쿠아리움에서나 볼 수 있었던 커다란 랍스터를 삶아 먹는다? 아주 멋진 딜이었다.

딜은 시작됐고 아이돌 콘서트 티켓팅과 견주어도 될 만큼 빠르게 매진됐다. 실패할 거라는 염려는 되지 않았다. 이 상품이 판매되지 않으면 이상한 일이었다. 수량을 늘

려달라는 고객들의 볼멘소리가 차고 넘쳤다. 회사에서도 두 배 정도는 괜찮지 않을까 하는 의견이 나왔다.

그러나 이런 아우성을 듣고 수량을 늘리는 순간 '망(한) 딜'이 된다. 수량이 늘어나면 희소성이 사라진다. 상품의 매력을 스스로 없앨 이유가 없었다. 1년에 서너 차례 진행하면서 항상 양은 100마리, 대신 그보다 크기가 작은 녀석들을 준비했다. 9만9천 원 랍스터를 사지 못한 사람들이 4만 원, 5만 원짜리 랍스터를 사기 시작했다. 크기가 작아도 상대적으로 가격이 저렴하게 보이는 착시 현상도 한몫했지만, 꿩 대신 닭으로 선택한 것이다. 나중에는 생활용품 업체에 요청해 대형 찜솥도 팔았다. 랍스터가 들어갈 만한 솥이 없다는 후기를 보고서 말이다. 그 덕에 내 매출은 아니었지만, 찜솥도 꽤 팔았다.

대왕 랍스터 이후 내 입지는 조금 탄탄해졌다. 나중에 들은 이야기인데 사장이 부서를 돌아다니면서 "이런 거 파는 곳이 우리 쿠팡이다" 했다고 한다. 어떤 일을 하든 자기만족이 있어야 한다. 만족이라는 게 진급이나 보너스도 있겠지만, 이런 작은 기획이 성공했을 때는 금전적인 것과 다른 재미가 있다. 이는 소소한 행복, 작은 기획의 성공이 가져다주는 선물이다. 물론 회사 입장에서는 고객 만족도가 최우선이다. 대왕 랍스터 판매는 싸구려를 싸게 파는 것이 아니라 좋은 상품을 저렴하게 판다는 인식을 심어 줬다.

소셜커머스 초창기에는 품질 낮은 상품, 유통기한이 임박한 상품 등을 마치 크게 할인하는 것처럼 팔았다. 그 바람에 인식이 좋지 않았다. 그런 인식을 한 번에 날릴 수는 없었다. 조금씩, 조금씩 바꿔나갈 뿐이다. 게다가 유통업체에서 4퍼센트 마진은 '미친 짓'이다. 모든 상품을 그리 팔면 망한다. 하지만 한두 상품은 그리 팔아도 된다. 영업도, 인생도 마찬가지다. 제삼자의 눈에는 엉뚱하게 보이는 이상한 행동, 약간의 딴짓이 각박하게 살아가는 누군가에게는 짧은 순간의 재충전이자 활력이 되기도 하지 않는가? 모든 상품에서 이익을 남길 수는 없다. 손해 보는 것이 있으면 이익 나는 것도 있다. 업무에서, 일상에서 그 균형을 잘 맞추는 것도 MD 그리고 생활인의 역할이다.

지금 운영하는 쇼핑몰에도 그러한 상품이 있다. "이거 팔아서 남는 것도 없네요" 하고 볼멘소리를 하는 이도 있다. 맞는 말이다. 그것만 팔아서는 밥 못 먹고 산다. 다른 것도 있기에 균형을 맞출 수 있다.

MD한테 필요한 것 또한 이런 균형 감각이다. 물건 싸게 팔려고 눈 시뻘건, 아니면 업체만 압박하는 MD는 이류, 삼류다. 모름지기 MD는 상품의 본질에 대해 궁금해야 한다. 궁금함이 모든 일의 시작이다. 본질을 알려고 하는 것, 그것이 가장 중요하다. '본질'을 찾기 위해 우린 사는 내내 탐구하고 일하는 것이 아닌가.

식품 MD를 사로잡는 진짜 상품성

쿠팡에서 식품팀장으로 일할 때였다. 어느 날, 실장이 나를 불렀다. 이런저런 이야기를 하다가 투서가 많이 들어온다며 그 이유를 궁금해했다. 어느 정도는 예상했다. 실장은 2000년에 바이앤조이에서 근무할 때부터 친구로 지내고 있던 터라 허물없이 나에게 물었다.

"제주에서 투서가 많아. 조심해."

"응, 그럴 줄 알았어. 제주에서 들어오는 입점 신청을 다 거부하고 있거든."

"왜? 웬만하면 받아주지 그래?"

"그걸 처리할 여력도 없거니와 경쟁한다고 가격이 내려

가는 것도 아니야. 관행은 '서귀포 농협', 친환경은 '초록 유기농', 두 군데만 하고 있어. 다른 곳과 딱히 할 생각 없어. 두 군데만 하더라도 최상의 상품을 최적으로 팔 수 있거든."

"알아서 잘하겠지만, 암튼 말 안 나오게 해."

"오케이."

이렇게 대화는 끝났었다. 지금은 어떨지 모르겠지만 2012~2015년에는 업체가 입점 신청을 하면 내가 승인 혹은 거절을 했다. 승인 나는 경우는 거의 없었다.

쿠팡에 입사한 초기에는 상품을 확인했다. 두 눈으로 보고 입으로 먹으면서 상품성을 검토했다. 입점 신청의 승인 기준은 딱 한 가지, "이 상품이 경쟁력이 있냐 없느냐"였다. 가급적 중복 상품을 피했다. 2,000개 넘는 쌀 브랜드를 다 입점시킬 순 없고, 이천 한우와 여주 한우 둘 다 입점 시킬 이유도 여력도 없었다. 이천과 여주 한우에 특별한 상품성이 있다면 가능했을 것이다. 황소라든지, 아니면 그 당시 도입 초창기였던 숙성을 한다든지 했으면 해볼 만했을 것이다. 하지만 입점 서류에서는 그런 변별력이 전혀 보이지 않았다.

한번은 더치커피를 내세운 어느 업체가 입점 신청을 했

다. 더치커피가 유행을 타기 시작하던 시기였다. 하루에도 몇 곳이 신청지만 다 거절. 일단은 위생 조건이 맞지 않았다. 대부분 동네 카페였다. 식품 제조업 허가를 받아야 판매할 수 있었는데 '즉석 판매 제조업' 혹은 '휴게 음식점' 신고만 하고 입점 신청을 한 것이다. 지금은 제조자가 직접 판매하고 배송하면 상관이 없지만, 그때는 엄연한 불법이었다.

즉석 판매의 경우 신고한 업장 외 판매는 불법이었다. 의아했던 것은 전화로 주문받고 판매하는 것은 가능하다는 점이었다. 하지만 인터넷에 올려 판매하는 것은 또 불법이었다. 유명한 음식점에서 전화 주문을 받아 판매하는 건 가능하지만 '네이버'나 '옥션' 등에 상품을 올리고 판매하면 불법이었다.

이는 휴게 음식점도 마찬가지다. 일반 음식점과 휴게 음식점은 업종이 비슷하다. 술을 팔면 일반 음식점, 술을 팔지 않으면 휴게 음식점을 내야 한다. 휴게 음식점으로 허가 받은 편의점 안에서 술을 마시면 안 되지만 구입해서 밖에서 먹는 것은 괜찮다. 허가받은 구역이 아니기 때문이다. 더치커피를 입점 신청한 곳은 부산 기장에 있는 업체였다. 기본인 제조업 신고를 마쳤거니와 포장이 남달랐다.

몇 개의 추출 기구로 커피를 만드는데 더치커피의 경우 위에 물을 담는 통이 있다. 거기에 연결된 관이 있고 그 끝에는 물이 떨어지는 속도를 조절하는 밸브가 있다. 그 밸브를 조절해 물을 방울방울 커피에 떨어뜨린다. 그렇게 열두 시간 이상 상온에서 추출한다. 열이나 압력을 가하지 않기 때문에 에스프레소 추출이나 핸드 드립과는 다른 맛과 향이 났지만, 대신 상온에서 추출하는 사이 미생물에 오염될 여지가 있었다. 허가와 위생 문제로 식약청에 다수의 업체가 단속되기도 했다.

입점 신청한 글을 봤다. 더치커피라는 제목만 보고는 대충 훑었다. 앞서 언급한 내용일 듯싶었기 때문이었다. 대충 살펴보다가 자세를 잡고 다시 봤다. 흥미가 일었다. 이 업체는 포장이 달랐는데, 일회용 포장이었다. 다른 곳은 대부분 병에 담았고 병도 다들 똑같았다. 포장이 다른 데다 일회용에 다양한 원두로 추출한 것이 있기에 바로 샘플을 요청했다. 다음 날 샘플이 도착했다. 검은색 바탕에 상단에 흰색으로 악센트를 주는 깔끔한 모양새였다. 크기는 3×5cm에 더치커피 1인분이 포장되어 있었다. 상품으로서 가치가 충분히 있었다. 입점을 결정하고 담당을 생산지로 보내 최종 점검까지 마친 뒤 입점을 시켰다.

중개형 인터넷 장터는 이런 과정이 없다. 네이버, 옥션, 다음, 지마켓, 인터파크 등은 사업자와 상품만 있으면 누구나 판매할 수 있다. 열려 있기에 오픈 마켓이지만 그만큼 경쟁이 치열하다. 같은 상품을 놓고 수많은 사람과 경쟁해야 한다.

반면 큐레이션(담당 MD가 상품을 직접 확인하고 검토한 다음 인터넷에 진열하는 일) 하는 곳은 들어가기가 힘들다. 기존 업체들이 있기 때문이다. 나름의 담당들과 유대 관계까지 형성되어 있어 뚫기가 어렵다. 백화점, 할인점 등이 그렇다. 들어가면 매출은 일단 보장된다. 큐레이션 하는 곳에 들어가는 방법은 단 하나, 남들과 '다름'이 있어야 한다.

다름은 값싼 가격이 아니다. 가격은 전에 납품하던 업체도 맞출 수 있다. 예로 옥수수를 보자. '달콘'이라는 업체가 있다. 해남에서 초당옥수수를 재배하고 유통하고 있다. 초당옥수수가 유행하기 전부터 준비했던 곳으로 포장이나 생산 규모나 다른 곳하고 달랐다. 이런 곳은 유통업체가 좋아한다. 입점을 신청하는 것이 아니라 오히려 요청을 받는다. 남들과 다르기 때문이다.

내가 쿠팡에 있을 때 제주의 감귤 농가나 생산업체가 이런 식으로 입점 신청을 했으면 받았을 것이다. 그 당시 황금향이나 레드향이 인기를 얻기 시작할 때였다. 달콤한 맛이 좋은 만감류 말이다. 만감류는 늦게 수확하는 감귤로 한라봉, 천혜향 등이 대표적이다. 감귤이 유행 타기 시작하면 너도나도 재배하기 시작한다. 수천 종 감귤 중에서 한두 품목으로 몰리면 사람들이 찾지 않는 감귤은 베어낸다. 지금은 사라지고 있는 진지향이라든지 청견이 그렇다. 이런 감귤은 신맛과 단맛이 좋아 먹는 맛이 있다. 단맛만 있으면 처음에는 맛있지만 금세 물리기 때문이다. 이런 진지향이나 남들과 다른 품종으로 신청했으면 100퍼센트 받았을 것이다.

MD는 가격이 저렴하거나 생산자가 직접 재배했다는 사실에 관심이 없다. 그보다는 새로운 것에 대한 욕구가 강하다. 새롭다고 해서 세상에 없던 것이 뚝 떨어진 것은 아니다. 전에 있던 것이 달라졌다는 것을 의미한다. 앞서 더치커피처럼, 병에 담아 팔던 것을 1인용으로 바꾼 것처럼 말이다.

식품에는 새로운 것이 없다. 들어가기 쉬운 오픈 마켓이든 백화점이든 나를 우선 알아야 한다. 남들과 다른 뭐가 있어야 비빌 언덕이 된다. 내 농장의 자연 환경 같은 것은 경쟁이 안 된다. 지리산이나 한라산 1000미터에서 재배하지 않는 이상 말이다. 전국이 황토고, 충청북도를 제외하고 바닷바람이 분다. 물 맑은 동네에서는 수돗물을 사용한다. 이런 환경은 차고 넘친다. 이런 환경을 아무리 이야기해 보아야 입점과 판매에는 아무런 도움이 안 된다.

비단 식품에만 해당하는 이야기가 아니다. 회사에 입사 서류를 낼 때도 우리는 남들과 다름을 인정받기 위해 스펙을 쌓는다. 어디를 가봤고, 무슨 경험을 했다는 것을 이야기한다. 그럼에도 뚫기가 어렵다. 경험을 쌓는 것은 좋은 일이다. 하지만 여기서 중요한 것은 '나'다. 그로 인해 얻은 것이 무엇인지가 분명해질 때 내 스펙이 된다. 그렇지 않고는 '남'의 스펙일 뿐이다. 세상이 참 힘들다. 힘들어도 해야 하는 게 운명, 사는 게 죄다.

백문이 불여일식1:
꼬여버린 닭 숯불구이 일본 원정

"라떼는 말이야"는 예능 프로그램에서는 허용되지만, 다큐에서는 금지다. 회사든, 학교든, 집이든 말하는 순간 '셀프 꼰대 인증'이다. 어느 세대든 학창 시절에는 유행어라는 것을 입에 달고 산다. 라떼의 고등학교 시절에는 어느 코미디언의 유행어, "잠시 동경 가서 우동 먹고 오마"가 있었다. 학교 밖 분식집을 갈 때도 "잠시 분식집 가서 라면 먹고 오마"라는 말을 주고받았다. 이런 시답잖은 농담을 하던 내가 30년 뒤 닭을 먹으러 일본 이곳저곳에 갈 줄은 그땐 상상도 못 했다.

사연은 이렇다. 2003년에 토종닭 맛을 처음 봤다. 그전까지만 하더라도 토종닭은 거의 전설급의 가축이었다. 사라졌다고 이야기하는 이들도 있고, 있다고 하는 이들도 있었다. 나중에 알고 보니 둘 다 맞았다. 일제강점기 이전의 닭은 더는 존재하지 않았다. 사라진 닭이 조선 초기부터 있던 닭이라고 단정 짓기도 어렵다. 닭은 수없이 다른 종과 교배하며 개량된다.

일본의 넘버원 토종닭인 나고야 코친도 실제로는 1800년대에 중국 닭과 교배하면서 지금의 맛과 특성을 가졌다. 그전에는 단지 나고야에서 키우던 싸움닭이었다. 조선의 닭도 일제강점기 동안 알게 모르게 외국에서 들여온 닭과 자연스레 교배가 이뤄졌다. 성장 능력이 떨어지던 토종닭과 달리 물 건너온 닭은 쑥쑥 컸다. 먹거리가 부족하던 시절에 이보다 큰 장점은 없었다.

성장 속도에 밀린 토종닭은 빠르게 밀려났다. 잘 큰다고 해서 모두가 다 외래 닭을 받아들인 것은 아니었다. 어떤 이들은 옛 맛을 잃지 않으려고 원래의 닭을 키우고 있었다. 그런 종을 복원하고 개량한 것이 현재의 토종닭이다. 예전 토종닭은 없지만 현재의 토종닭은 있다. 없으면서 있다고 말한 까닭이다.

2003년에 한협 3호(토종닭 품종, 토종닭 중 시장 점유율이 가장 높다)를 처음 맛봤다. 개량형 토종닭인 한협 3호와 재래닭 계통인 청리닭을 맛보고 나서는 토종닭 매력에 푹 빠졌다. 씹는 맛이 달랐다. 씹는 능력은 속을 풀어내는 힘. 누구를 씹을 때도 속 시원해지는 것처럼 닭을 씹을 때마다 고기 세포 하나하나에서 맛이 흘러나왔다. 전에 먹었던 닭하고는 소위 '클래스'가 달랐다.

치킨 만들 때 재료인 육계는 한 달 남짓 키운다. 토종닭은 적어도 두세 달은 키워야 비슷한 무게가 된다. 청리닭은 그보다 두 배는 더 키워야 비슷해진다. 2년 뒤에 제주 재래닭까지 맛봤다. 참 맛있는 닭인데 왜 사람들은 질기다고 하는지 곰곰이 생각해 봤다.

토종닭이라고 먹은 닭 대부분이 폐계였다. 알을 낳다가 효율성이 떨어져 잡은 닭이다. 폐계는 크기가 일반 닭보다 두세 배 크다. 토종닭은 수년을 키워도 일정 이상 자라면 성장을 멈춘다. 조선시대 후기 우리나라에 들어온 서양인과 조선인이 한 앵글에 담긴 사진을 본 적이 있을 것이다. 그 사진을 보면 우리나라 사람과 외국인의 체격 차이가 확연하다. 토종닭과 폐계의 체급 차이가 딱 그 정도다. 개량형 토종닭도 성장성이 좋지만 폐계만큼 키우지 않는다. 이유는 1킬로그램 남짓의 닭 무게를 선호하기 때문이다. 재래시장에 토종닭이라고 냉장고에 누워 있는 닭 대부분은 폐계다.

만일 토종닭이라면 만 원 이하로 팔아서는 타산이 안 맞는다. 중형차를 경차 가격에 파는 것과 비슷하다. 그런 장사꾼은 없다. 당연한 말이지만 토종닭으로 잘못 알고 있는 폐계를 먹으면 질기다. 가마솥에서는 몇 시간을, 압력솥에서는 30~40분을 삶아야 이로 끊고 씹는 것이 수월해진다. 친환경 매장에서 파는 토종닭은 한 시간 정도 일반 솥에서 삶아도 된다. 압력솥에서는 20분 이하면 부드럽게 변한다. 전혀 질기지 않다. 토종닭을 제대로 먹어본 적이 없고 질기다는 고정관념만 자리 잡았기에 질기다 질겨 노랠 부른 것이다.

그런 상황에서 나는 2015년, 〈중앙일보〉에 '토종닭은 질기지 않다'라고 선언하듯 글을 썼다. "진짜", "몰랐네", "그럼 한번 먹어볼까?" 이런 우호적인, 아름다운 댓글이 달릴 거라 예상했다. 순진 그 자체였다. 예상은 예상일뿐, 많은 댓글 중에서 내가 베스트로 뽑은 댓글이 있다. "지우개 씹는 맛 너나 처먹어!" 가슴에 확 와닿았다.

2000년 전라남도 화순 어느 골짜기에서, 2005년 파주에서 생산자의 경고를 묵살하고 한입 베어 문 3년 묵은

장닭의 식감이 딱 그랬다. 고무 씹는 맛. 깨문 닭다리에 선명하게 박힌 내 잇자국. 닭다리 그대로 들고 치과에 가서 틀니를 제작해 달라고 해도 될 정도였다. 20년 가까이 토종닭을 팔고 이야기했지만 고정관념은 며칠 전 굳은 콘크리트처럼 단단했다.

우연히, 일본 출장 중에 닭 숯불구이를 맛봤다. 뼈 제거한 닭살에 소금만 뿌리고는 숯불에 구워 먹었다. 소금이 뽑아내는 닭의 육즙이 참 고급스러웠다. 씹을 때마다 육즙을 조금씩 내주다가 살이 목을 넘어갈 때 비로소 멈췄다. 다만 내주는 것만 멈출 뿐 여운은 남았다. 그 맛은 충격으로 다가와 2003년 기억을 불러왔다. 청리닭을 처음 먹었을 때의 기억이다. 마늘 두어 쪽만 넣고 끓인 백숙이 '인생 백숙'이었다.

백숙이라는 게 한약재도 좀 들어가야 하고 인삼도 한두 뿌리 들어가 있어야 그럴듯해 보이지 않나. 그런데 그런 거 없어도 닭살 맛이 달았다. 일본 토종닭을 씹으면서 국내에 가서도 이렇게 요리해 보자고 생각하며 먹었다.

귀국해서는 청리닭 생산자에게 부탁해 닭 두 마리를 받았다. 숯불이 필요하기에 양갈비 전문점 '이치류' 대표로 있는 형님께 부탁했다.

“토종닭 두 마리를 준비할 테니까 형이 불과 장소 좀 빌려줘요.”

“오케이. 토요일 여의도점이 한가하니까 거기서 먹자.”

날을 잡고 몇몇이 모였다. 다리, 날개, 가슴살을 노릇노릇한 색이 돌 때까지 구웠다. 기대 반(일본 토종닭보다 맛있지 않을까?) 걱정 반(맛없으면 어떡하지?)의 심정으로 다리 살을 씹었다. ‘기대’ 승. 고소한 맛과 살의 질감은 청리닭이 좋았다.

청리닭 맛보고는 지방에 출장 갈 때마다 토종닭 구이 전문점을 찾았다. 구례, 하동, 순천에 많이 모여 있었다. 강원도 홍천에도 전문점이 있었다. 잘 찾아보니 여수에도 몇 집이 있었다. 토종닭을 삶아 먹지 않고 굽는 것이 좋았지만 여전히 단순한 요리법이 아쉬웠다.

우리는 이런데 1960년대부터 토종닭을 찾아 먹은 일본은 어떨까 싶은 궁금함이 밀려왔다. ‘가볼까? 갈까?’ 생각하다가 우동 먹으러 동경 가듯이 닭 먹으러 나고야에 갔다. 나고야를 선택한 이유는 토종닭을 처음 개량한 곳이고 오랫동안 먹어왔기 때문이다.

일본이야 열댓 번 갔어도 대부분이 팸투어를 비롯한 출장이었다. 누군가가 짜준 일정 따라 움직이는 기차처럼 여기저기로 이동했을 뿐이었다. 혼자 가는 '먹투어' 동선과 먹을 메뉴를 짜고는, 일본어는 '아리가또'만 아는 처지였지만 나고야행 비행기에 올라탔다. 2019년, 49년 만에 혼자 해외여행인지라 긴장감은 300배.

일이 꼬이려고 했는지 국내에서 사 간 와이파이 중계기와 유심이 말썽이었다. 공항에서 나고야 도심으로 가는 내내 낑낑거렸다. 선반 위 두었던 카메라 가방을 그대로 놓고 지하철에서 내렸다. 바디 두 개, 렌즈 네 개 포함 대략 1,200만 원짜리 가방을 와이파이와 씨름하느라 잊은 것이다. 개찰구를 빠져나올 때까지도 몰랐다. 호텔 방향 출구 표지판을 찾다가 등이 가벼워도 너무 가벼웠다. 느낌의 실체를 아는 순간 "헉" 소리도 안 나왔다. "띵" 하는 고주파 음만 뇌 속을 오갔다.

잠시 숨을 고르고 일단 역무실로 찾아갔다. 역사에 있는 와이파이에 접속해 번역기를 돌리니 에러. 쌍욕을 속으로 하고 있는데 역무원이 "한고끄?" 하고 묻는다. 고개를 끄덕이니 기계를 하나 내민다. 역무실에 있는 번역기다. 나 같은 여행자가 많았는지 다국어를 지원하는 번역기였다. '깜빡'은 인종이나 국적을 구별하지 않으니. 일본 지하철 타고 혼가 가는 가방에 카메라만 있는 것이 아니었다. 독서용 안경까지 같이 있었다. 실눈을 뜨고 번역기를 읽고, 입력하며 소통했다. 일단은 오후 두 시에 오라고 한다.

호텔에 체크인하고 쉬다가 다시 갔다. 일본은 내 거 아니면 절대 손 안 댄다는 어디선가 들었던 이야기를 되새김하며 갔다. 역무실 문을 열고 들어가며 안을 훑어보았다. 인사를 건네는 역무원 뒤 벽장에 가방이 있었다.

"휴우."

함께 짓누르던 근심이 사라졌다. 일련의 확인 과정, 번역기를 통해서 가방 안에 무엇이 들었는지 확인 과정을 거쳤다. 안경은 여전히 가방 속에 있기에 실눈 모드로 카메라 기종을 입력하니 그제야 가방을 내준다. "아리가또고자이마스" 하는 순간 걱정과 조바심에 도망갔던 식욕과 일정이 다시 나타났다. 첫 끼로 먹으려고 했던 음식점으로 향했다.

그러나 일은 한 번 더 꼬였다.

백문이 불여일식2:
파도 파도 끝이 없는 맛의 세계

여러 번 꼰다 해서 꽈배기. 꼬인 일은 결코 한 번만 찾아오지 않는다. 혹시나 또 잊어버릴까 봐 가방을 두 어깨에 메고 허리띠까지 매고는 계획했던 음식점을 찾아 나섰다. 잠깐 헤맸을 뿐 음식점을 잘 찾았지만 공사 중이었다. 가방 찾으면서 사라진 짜증이 다시 머리끝에서 튀어나왔다.

일단 이럴 때 필요한 건 담배. 허리까지 묶은 가방을 풀어 옆에 던져놓고는 담배 한 대 피웠다. 한 대 피우는 사이 수많은 생각이 오갔다. 사라지는 연기와 함께 스멀스멀 일어나던 짜증도 사라졌다. 담배가 몸에 안 좋지만, 화를 삭이는 기능은 있다.

원래 먹으려고 했던 음식은 '오야코돈'으로 닭고기덮밥인데 달걀을 올린 모양새다. 닭과 알을 같이 요리한 것으로 음식 이름 자체가 약간 잔인하다. 오야(부모), 코(자식) 덮밥이란 의미다. 덮밥 하는 곳이 여기뿐만 아니라 다른 곳도 있겠지 하고는 동네를, 나고야역 앞을 무작정 돌아다녔다. 그러다 낮술 마시는 손님 둘이 있는 선술집에 들어갔다. 일본 가기 전 일본어로 토종닭인 '지도리'만 외워 갔다. 그 덕에 간판에 지도리라 쓰여 있는 것을 보고는 무조건 밀고 들어갔다.

일본어를 몰라 영어 메뉴를 부탁하고 받아보니 전혀 생각하지 못했던 토종닭 음식이 있었다. 일본어로 뭐라 하는데 일단은 덮밥이었다. 장어 대신 양념한 토종닭을 구워 올린 것을 제외하고는 장어 덮밥과 먹는 방식이 같았다. 그냥 먹다가, 고추냉이 넣어서 먹고, 맨 마지막에는 육수에 말아 먹었다. 다리살을 구워 올렸기에 쫄깃한 맛이 아주 좋았다. 양념이 되어 있었지만, 감칠맛을 지닌 닭이기에 씹을수록 맛있었다. 따로 생맥주 작은 것과 날개튀김을 주문했다. 일본 말로는 데바사키. 토종닭의 커다란 날개를 튀기고 간장 양념을 한 것이다. 짭조름한 것이 천상 맥주 안주로 만들어진 음식이었다.

원래 토종닭이 아니어도 날개살은 탄성이 좋다. 밀집 사육을 해도 날개는 움직이기 때문에 한 달 남짓 사육하는 기간에 근육이 생성된다. 하물며 6개월 이상 사육하는 토종닭은 두말하면 잔소리다. 짠맛이 맥주를 부르고, 맥주는 다시 짠맛을 불렀다. 한 잔만 마시려다가 "나마비루 구다사이"를 나도 모르게 외쳤다.

가만히 닭날개를 뜯다 보니 우리나라에도 이와 비슷한 맛이 있었다. 고기 맛은 아니고 양념 맛이 '교촌치킨'과 비슷했다. 눈 감고 양념만 빨아 먹어봤다. 딱 맞았다. 교촌치킨에서 토종닭으로 만들어 내면 좋을 텐데, 이런 상상을 하며 맥주잔을 내려놨다. 가방을 잃어버리고, 목적지였던 음식점은 공사 중이었지만 결말이 좋았다. 신의 장난이었나 싶었다.

일본 나고야에서 여러 토종닭 음식을 먹었다. 나고야를 다녀오고 나서 다시 일본에 갔다. 가고시마에 숙소를 잡고 구마모토와 미야자키를 오가며 토종닭을 먹었다. 나고야와 다른 토종닭 음식이 있었다.

나고야에서 먹은 음식 중 최고는 닭고기 철판구이였다. 닭의 모든 부위를 철판에서 구웠다. 단순히 굽지만은 않았다. 중간중간 살짝 찌거나 압력을 더해 구웠다. 사발 엎은 모양에 손잡이가 달린 도구로 굽던 고기를 잠시 덮었다. 구우면서 증발하는 습기를 가두고는 찐 것이다. 호떡 누르는 것과 비슷한 기구로 눌러서 굽기를 조절했다. 부위에 따라 요리 방법이 달라지면서 다양한 맛을 냈다.

이에 필적하는 가고시마의 닭요리는 육회였다. 우리나라도 일부 지역에서는 가슴살만 육회로 먹기도 하지만 여기서는 날개를 제외하고는 전부 나왔다. 가슴살도 안쪽 살과 바깥쪽 살을 구분했다. 가슴살이 둘러싸고 있는 물렁뼈는 구이로 팔았다. 미성숙 알, 모래집, 다리살 포함해 예닐곱 가지가 나왔다.

서빙을 보던 사람은 접시를 내려놓으면서 한 가지 부위를 가리키면서 자기 목도 가리켰다. 목살 육회다. 포크를 들고는 긁어내는 시늉을 했다. 말은 통하지 않더라도 대충 기다란 닭 목을 포크로 긁어냈다는 뜻일 것이다. 솔직히 살짝 겁이 나긴 했다. 시원하게 고구마 소주를 들이켜고는 목살을 먹었다. 오호라! 쫄깃함이 이 세상 쫄깃함이 아니었다. 사실 목 부위는 살이 별로 없지만 없는 것을 발라먹으면 맛있다. 토종닭 백숙 먹을 때 맛봤던 목살과 전혀 다른 식감이었다. 씹을수록 숨어 있던 맛이 나왔다. 다리살이나 가슴살은 거기서 거기, 똥집도 익숙한 맛이지만 목살은 진짜 달랐다.

구마모토에서 맛본, 아마쿠사 다이호(구마모토의 토종닭으로 무게가 9킬로그램, 1미터까지 자라는 대형 종)를 먹으면서 궁금증이 일었다. 1960년대 도쿄올림픽 전후의 거품 경제 속에서 복원한 토종닭을 어떻게 먹었을까 하는 궁금증을 안고 나고야 3박 4일, 가고시마 3박 4일의 토종닭 투어를 떠났다. 각 3박 4일 일정 중 한 끼 정도는 초밥을 먹고 나머지는 닭만 먹었다.

가고시마로 떠나 미야자키를 돌아다닐 때였다. 날이 무척 더워 걷다가 잠깐 그늘에서 쉬고 있었다. 불현듯 이런 생각이 들었다. 역시 듣고 읽는 것보다는 와서 직접 보니 좋다. 지금껏 MD 생활 하면서 현장에 답이 있다고 생각했다. 그렇기에 27년 동안 상품 찾아 길을 떠났다. 이번 출장도 돈과 시간을 투자할 만한 가치가 있었다.

그 자리에서 다음을 기획했다. 다음은 프랑스다. 미식의 나라여서가 아니라 거기에 맛있는 닭이 있다는 글을 봤기 때문이다. 글로 배우는 것은 한계가 있다. 백문百聞이 불여일견不如一見. 가서 직접 봐야 공부가 된다. 이런저런 계획을 짜다가 백문이 불여일견에서 뒤 '볼 견見'을 '먹을 식食'으로 바꿔도 되겠다 싶었다. 식품 MD이니 백 번 듣는 것보다는 한 번 먹는다? 말이 됐다.

프랑스는 코로나19 바이러스 여파로 아직 가지 못하고 있다. 유행병이 잠잠해지면 프랑스에 가서 브레스 닭을 먹을 생각이다. 식품 MD의 기본 원칙인 '백문百聞이 불여일식不如一食'을 지키기 위해서 말이다. 투자가 있어야 성장한다. 농사도 적절한 비료를 줘야 잘 자란다. 내 성장을 위해 프랑스에 갈 생각이다.

3장

식품 MD의
까칠한 미각

입맛에는 간섭하지 않는다,
절대

어른이 골라 먹으면 '개취'(개인 취향), 아이가 골라 먹으면 '편식'이라 한다. 어른이야 살아오면서 호불호에 대한 경험이 쌓였기에 '개취'라 이야기할 수 있다. 아이들은 삶이 짧은 탓에 경험이 부족하거니와 흔히들 성장기에 있는 아이들은 골고루 먹여야 한다고 생각한다. 모든 것이 부족했을 때의 논리가 여전히 살아 움직인다. '라떼'의 전형이다.

세 식구인 우리 집에서 밥은 내가 한다. 결혼할 때부터 약속이었다. 밥때가 되면 아이가 좋아하는 반찬으로 주로 차린다. 물론 아이가 좋아하는 반찬은 어른들도 좋아한다. 향이나 식감이 특이한 것보다는 무난한 것들이 대부분이기 때문이다. 고기 중에서 돼지고기만 하더라도 아이들은 비계 많은 부위보다 살코기를 좋아한다.

아이 위주로 상을 차리지만 새로운 식재료로 만든 반찬이 있으면 맛은 보게 한다. 선입견만으로 새로운 반찬을 안 먹는 것은 못 하게 한다. 맛을 보고 입에 맞지 않으면 두 번 다시 강요하지 않는다. 누군가는 아이에게 편식하는 버릇을 키운다고 말한다. 뭐, 보기 나름이다.

강요하지 않았던 이유가 있다. 분명하고 간단한 이유 말이다. '내가 싫었기' 때문이다. 어린 시절을 돌이켜 보면 아버지나 어머니나 밥상머리에서 잔소리를 많이 하셨다. "골고루 먹어라", "공부는 왜 안 하냐" 등등 가시방석으로 만드는 주문 같은 말들이 난무했다. 그럴 때마다 속으로 다짐했다. 어른이 되면 절대 밥상머리에서 잔소리를 하지 않겠다고 말이다. 자라면서 했던 수많은 다짐 중 하나를 지키고 있다.

직장에서도 마찬가지다. 이미 터진 일에 대해서는 잔소리를 안 한다. 해서 득 될 것이 하나도 없다. 우선은 발생한 문제를 수습하는 일이 중요하고, 그다음이 재발 방지다. 팀원이 잘못하면 짧게 몇 마디만 건넨다. 어떤 사건이든 부르고 나서 5분을 넘기지 않았다. 이유를 듣고, 대안이 있으면 끝냈다. 미주알고주알하지 않았다. 내가 싫었기 때문이다. 휴가 한 번 가려면 옆에 세워놓고 한숨만 쉬던 부장이 있었다. 그렇게 10분, 20분 서 있던 내가 싫었다. 그래서 난 하지 않았다.

딸아이 윤희는 채소를 거의 안 먹는다. 다행히 상추와 오이는 잘 먹는다. 고기 구울 때 다른 채소 안 산다. 오이와 상추만 있으면 쌈 싸서 잘 먹는다. 굳이 맛있게 먹고 있는 아이에게 쓸데없이 다른 것을 권하거나 잔소리로 식사 자리를 망치지 않는다. 또 윤희는 해산물은 거의 안 먹는다. 조개류, 새우, 게 종류는 기겁할 정도다. 그 까닭을 물으니 향이 역하다고 한다. 잡은 지 오래되어 비린내가 심한 것이 아닌데도 해산물에서 나는 특유의 향을 싫어했다.

나도 해산물 중에서 멍게, 해삼, 성게, 개불은 잘 안 먹는다. 굴도 그렇다. 20~30대 시절에 잘 먹지 않았던 조개는 그나마 잘 먹는다. 조개류 중에서 또 소라 종류는 싫어한다. 여전히 무슨 맛으로 먹는지 잘 모르겠다.

입맛에 따라 골라 먹는다. 골라 먹는 것, 골고루 먹는 것 모두 정상이다. 모든 것이 맛있을 수 있고, 아닐 수도 있다. 그 차이일 뿐이다. 윤희가 가끔 묻는다.

"내가 이상한 거야?"

"아니, 아빠도 그랬어. 지금도 그래. 다만 나중에 반찬이 안주가 되는 나이가 되면 조금씩 바뀌더라."

순댓국을 대학교 입학해서 처음으로 먹었다. 그전까지만 하더라도 순대는 부평시장 포장마차나 순대골목에서 소금 찍어 먹는 것으로 알았다. 처음 본 순댓국은 낯설었다. 나는 순대 먹을 때 나오는 내장을 먹지 않았다. 오로지 순대만 먹었다(지금은 아니다). 꼬릿한 냄새 풍기는 국물에 빠져 있는 내장이나 머릿고기는 당연히 안 먹었다. 시간이 쌓이고 계절이 바뀌면서 마신 소주의 양이 차곡차곡 쌓이다 보니 어느 순간 낯설었던 순댓국은 친숙한 안주나 해장국이 되었다.

어머니가 요양병원에 계시기에 우리는 주말이면 부평에 간다. 병문안을 마치고 나면 '평리단길'이라 불리는 시내와 이웃한 시장을 구경 삼아 다녔다. 어느 날이었다. 아이가 친구들하고 밥 먹는 이야기를 하다가 순댓국이 주제가 됐다고 한다. 친구들이 먹자고 했는데 자기 때문에 못 갔다는 이야기다. 인생은 타이밍! 그 순간을 놓치지 않고 미끼를 던졌다.

"아빠랑 먹어볼래?"

"콜!"

부평시장에는 예전에 순대 골목이 있었지만, 지금은 재개발로 사라졌다. 시장 주변을 돌아다니다가 사람들이 꽤 몰려 있는 식당에 들어섰다. 어른들이 자리 잡은 테이블은 쌓인 소주병에 비례해 목소리가 크고, 가족끼리 있는 테이블은 조곤조곤 이야기와 함께 순댓국이 사라지고 있었다. 내가 그랬던 것처럼 윤희한테 선택하게끔 했다.

"순대와 고기, 내장 포함? 아니면 순대만?"

"처음이니까 순대만."

반찬이 깔리고 순댓국 먹는 일반적인 순서를 알려줬다. 우선은 팔팔 끓고 있는 뚝배기가 조금 식을 때까지 기다렸다가 간을 보고, 매운 양념을 넣은 다음 새우젓 넣고, 소금 넣고 등등 일련의 순서를 들려줬다. 물론 새우 싫어하는 아이가 새우젓을 넣을 일은 없겠지만 상식 차원에서 알려줬다.

사실 돼지고기와 새우젓의 궁합을 많이 이야기하는데 그것은 새우젓을 익히지 않았을 때나 맞다. 새우젓이 뜨거운 국물에 닿으면 효소 기능은 사라진다. 다만 새우젓의 감칠맛은 남기에 맛의 차원에서 새우젓을 넣는 거지 소화 잘되라고 넣는 것은 아니다.

순댓국을 처음 먹은 윤희 반응은 '쿨' 자체였다. 나쁘지 않지만, 굳이 찾아 먹을 맛은 아니라는 의견이었다. 첫술에 배부를 수는 없는 법. 먹었으면 된 거고, 다음을 기대할 수 있으면 더 된 거다. 윤희랑 어디를 갔을 때 선택할 수 있는 메뉴가 하나 더 늘었으면 된 거다.

근래에 윤희랑 제주에 갔다. 출장길에 동행이었다. 업무를 마치고 고기국수를 먹자고 했다. 음식을 설명할 때 순댓국 국물에 밥 대신 국수를 넣은 것이 다를 뿐이라고 하니 바로 수긍했다. 국수 맛을 본 윤희의 반응은 예상대로 순댓국과 같았다. 먹을 수는 있어도 찾아 먹지는 않겠다는 반응 말이다. 그래도 괜찮다. 중학교 때 먹지 않았던 순댓국과 고기국수를 먹었으니 조금 더 크면 아마도 머릿고기에 맞술하고 있지 않을까 싶다.

보통 이렇다. 간섭 받는 것은 싫어하면서, 하는 것은 좋아한다. 아이든, 팀원은 내 소유물이 아니다. 남보다는 가까워도 결국 남이다. 줄일수록 좋은 게 간섭이고, 잔소리다. 딸아이를 20년 키워보니 그렇다. 간섭을 안 하니 스스로 판단하고 움직인다. 아주 가끔 목구멍까지 잔소리가 올라올 때가 있다. 그래도 한 번 숨으로 속 깊이 삼킨다. 이건 아니라고 생각이 들 때는 혼을 낸다. 아주 짧고 굵게 말이다.

잔소리하고 싶을 때 '나라면?' 하고 생각을 해보자. 엄마 말, 아빠 말 들은 적이 몇 번이나 있는지 말이다.

돼지갈비는
갈빗살이어야 제맛

예전 인천 부평에 '용갈비'란 고깃집이 있었다. 깡통시장 옆에 있던 2층(혹은 3층)짜리 건물이었다. 과거형인 까닭은 두 가지다. 과거였고, 사라졌기 때문이다.

나의 학창 시절, 초등학교까지 졸업식 날 만찬은 무조건 짜장면이었다. 네 살 터울의 누나가 고등학교를 졸업할 때부터 중국집이 갈빗집으로 바뀌었다. 집마다 그나마 돈이 돌던 1980년대 중반이었다. 소갈비가 있었는지는 정확히 기억나지 않는다. 무조건 돼지갈비였다. '용갈비'에 가면 다닥다닥 놓인 앉은뱅이 탁자에 붙어 앉아 고기를 구웠다. 지금처럼 현대적인 배기구라는 것도 딱히 없었다. 냄새 배지 말라고 주는 비닐은 언감생심. 고깃집에 서 나오면 몇 시간 동안 냄새가 났다. 그게 또한 자랑 아닌 자랑이었다. 고깃집 갔다 왔다는 훈장이었다.

동네 돈을 끌어모았던 '용갈비'. 어느 날이었다. 돼지갈비가 '최애'인 딸아이는 어딜 가든 돼지갈비를 찾는다. 저녁 메뉴를 궁리하다가 '용갈비'가 생각났다. 있겠지 하고 갔더니만 이미 다른 업종으로 바뀐 지 오래됐다. 짜장면으로 대신했지만, 기억 한쪽이 사라진 느낌이었다.

'진짜 돼지갈비' 이야기를 하고 싶어 옛날이야기를 꺼냈다. 예전에 먹었던 돼지갈비는 진짜 돼지갈비였을까? 잘 기억나지는 않는다. 다만 뼈에 붙은 고기는 지금이나 그때나 참 안 익는 것은 똑같다. 뼈에 열을 뺏긴 탓인지 겉이 탈 정도로 익혀도 뼈와 붙은 쪽은 핏물 그대로다. 아마도 진짜가 아니었을까 싶기도 하다. 지금보다 인건비 부담이 적었던 시절이니 포를 뜨진 않았을 것이다. 지금은 핏물이 있어도 먹지만(병원성 세균은 주로 고기 표면에 있다) 그때는 기겁했다. 속까지 익히면 뻣뻣한 고기 맛에 속상했어도 갈비 뜯었다는 만족감이 부족한 맛을 채워줬다.

2004년에 진짜 돼지갈비를 만들었다. 평소에 술 마시며 먹는 돼지갈비가 불만이기 때문이었다. 냉동식품으로 파는 것은 더욱 별로였다. 웬만한 식당에서 나오는 돼지갈비라는 것도 공장에서 만든 것을 해동하는 것이 많았다.

기회가 찾아왔다. 아는 이가 담양에서 육가공 공장을 개업했다. 축하도 할 겸 내려가서 이런저런 이야기를 하다가 돼지갈비 이야기를 꺼냈다. 진짜 돼지갈비를 만들어 보자고 말이다. 돼지갈비를 포를 떠서 만들어 줄 수 있겠느냐 물어보니 가능하다는 답변은 받았지만 한 가지 난제가 남아 있었다. 갈비 포를 뜨고 남는 자투리 갈비에 대한 처리가 문제였다. 이 문제는 갈비찜을 추가로 만드는 것으로 간단히 해결했다. 돼지갈비에 사태살을 넣어 새로운 상품을 만들기로 했다. 양념은 간장을 비롯해 참기름까지 모두 국내산으로 만들었다.

캐러멜색소도, 당연히 MSG도 안 넣었다. 돼지갈비가 사실 부드러운 부위는 아니다. 소처럼 마블링도 없다. 구워서 먹기보다는 찜이나 탕이 어울린다. 그런데도 구울 때 나오는 유혹의 향이 강렬하기에 불에 올린다. 색소를 넣지 않은 고기는 허여멀겠다. 간장으로 색을 내봤자 거기서 거기고, 고깃집에서 보는 진한 갈색은 색소 덕분이다. 색소를 넣지 않는 탓에 상품 출시 초반에 욕을 많이 먹었다. 무슨 고기가 이리 허옇냐는 질문을 많이 받았다.

초록마을의 상품은 색소 사용에 엄격했다. 심지어 과일 주스의 변색을 막는 비타민 C 첨가에도 제한이 있을 정도였다. 이런저런 클레임을 해결하면서 상품은 점차로 매출이 올라갔다. 단언컨대 그 당시 시중에 있는 그 어떤 돼지갈비보다 맛있었다. 돼지갈비로 만드는 진짜 돼지갈비는 아마도 최초이지 않을까 싶다. 이런 상품에 관한 생각은 후에 쿠팡에 근무할 때까지 이어져 제대로 된 소갈비를 만들기도 했다.

돼지갈비 싫어하는 사람은 못 봤다. 돼지갈비 제대로 하는 집을 찾는 사람 또한 못 봤다. 그나마 인천의 생갈비 전문점들은 방송에 자주 나와 찾아가는 사람이 제법 있다. 솔직히 그냥 가서 편히 먹는 음식이 돼지갈비다. 적당히 달고, 짠 음식으로 말이다. 그 부위가 갈비든 아니든 그랬다.

그렇다고 해서 '갈비'라는 명칭을 함부로 사용해서는 안 된다. 돼지갈비로 만든 것만 돼지갈비라 해야 한다. 나머지 부위는 양념구이다. 갈비라며 더는 사기 쳐서는 안 된다는 얘기다. 만일 소갈비라 해놓고 뒷다리살 주면 곧 바로 사장 멱살 잡을 사람들이 많다.

하지만 돼지갈비에 대해서는 너그럽다. 저렴해서 그런가 하고 생각하기에는 가격이 꽤 나간다. 서울의 어느 음식점은 목살을 돼지갈비로 팔면서(목살이 비싸긴 해도) 3만 원 가까이 받는다. 특히 가장 저렴한 부위인 뒷다리살로 만들면서 그 가격을 받는 것은 사기가 맞다. 뒷다리살 1킬로그램 해봤자 몇천 원 안팎이다. 그런 부위로 만들고서 삼겹살과 목살 가격을 받는 것은 폭리다. 거기에 수입산 돼지고기로 식재료를 쓰는 곳은 얼마나 이익을 남기는 건지 상상이 안 된다.

또 한 가지 문제가 있다. 돼지갈비 시늉하느라 갈비뼈를 수입한다. 참으로 웃기는 일이 아닌가? 양념한 뒷다리살을 수입한 갈비뼈에 돌돌 마는 것이다. 고기 원산지가 다국적인 돼지갈빗집이 많다. 유럽과 아메리카 대륙의 나라가 섞여 있다. 고기 들어오는 나라와 뼈 들어오는 나라가 달라서 벌어지는 진풍경이다.

딸아이와 강원도로 여행을 떠난 적이 있다. 아이가 해산물을 먹지 않는 탓에 돼지갈비집을 찾았다. 사람들이 많이 가는 곳이 우선 검색됐다. 여러 가지를 많이 주는 곳이 있었다. 후기도 좋고, 사진도 많지만 패스. 고기가 마음에 들지 않았다.

검색에 검색하다 보니 한 곳이 걸렸다. 네이버에서 검색할 때는 결과의 열 페이지 정도는 넘겨야 '찐'이 나온다. 한 곳이 좋아 보였다. 외관은 허름하지만 된장찌개(딸아이는 된장국 주는 곳을 싫어한다)가 나오고 밥은 햇반이다. 사실 음식점의 맛없는 밥보다는 햇반이 낫다. 찬도 별로 없었다. 채소와 김치가 전부. 저녁에 그 음식점으로 갔다. 거기서 갈비를 포 뜬 '찐갈비'가 나왔다.

주문한 된장찌개는 강원도답게 간장을 덜 뺀, 막장이 나왔다. 강원도 된장은 간장을 덜 빼 짠맛이 있지만 그만큼 감칠맛도 있다. 된장과 간장을 가를 때 간장을 얼마만큼 빼느냐에 따라 된장 색이 달라진다. 구수한 막장만으로 햇반 하나 뚝딱할 정도로 맛있었다. 막장이 그럴 정도인데 갈비는 말할 필요가 없다.

강릉에서 최고 맛집은 '대관령 갈비'다. 그곳을 알기 전에는 괴산에 '최애 집'이 있었다. 정육식당으로 저녁에 포를 뜨고는 다음 날 요리하는 곳이었다. 여기도 딸아이랑 갔던 곳이다. 몇 년이 지나 괴산 유기농 박람회에 갔다가 들렀지만, 개인 사정으로 문을 닫은 것을 보고 굉장히 아쉬웠다. 최근에는 인제에서 새로운 갈빗집을 만났다. '삼호 숯불갈비'가 상호다. 가격이 13,000원으로 저렴하면서 맛있다. 색소나 연육제를 넣지 않아 당황스러운 모양새지만 진짜 돼지갈비의 맛을 볼 수 있다.

돼지갈비뼈를 수입하는 나라가 우리나라다. 삼겹살 최대 수입국은 그렇다 치더라도 버리는 뼈를 수입하는 것은 문제가 있지 않나 싶다. 돼지고기를 수입하면서 국제적 '호갱'이 되는 건 자존심이 상한다. 이게 꼭 필요해서가 아니라 사기 치기 위해서라면 더더욱 그러하다. 돼지갈비가 아닌 돼지 양념구이로 팔면 그럴 필요가 없다. 최근에 어느 음식점에 가보니 돼지갈비라는 이름 대신 양념구이로 팔고 있었다. 그러면 되지 않을까.

라면집과 오징어덮밥집 사이의 출장길

라면집을 해볼까 고민한 적이 있다. 여전히 메뉴만 바뀔 뿐 식당 운영의 꿈은 버리지 않고 있다. 식재료 관련 일을 하거니와 식당을 이용하면서 느꼈던 불만을 해결하는 쪽으로 많이 생각한다. 크지 않은 작은 매장, 주방까지 해서 열 평 정도의 가게를 떠올린다. 물론 머릿속으로만 하는 창업이다. 돈 들 일도, 망할 일도 없다.

식당을 해볼까 생각했을 때 가장 먼저 라면이 떠올랐다. 웬 라면? 라면은 누구나 좋아한다. 전문점이 있긴 하지만 버라이어티한 메뉴가 많다. 나는 오롯이 달걀 라면만 팔 생각이었다. 떡이나 만두는 옵션으로 두고. 게다가 광적인 매운맛을 개선하면 좋겠다고 생각했다. 번잡한 곳이 아니어도, 라면집은 큰돈을 벌지 못하지만 먹고살 만한 아이템이라 판단했다. 라면은 집에서도 먹지만 밖에서도 자주 먹는 메뉴다. 잦은 출장길에 휴게소에서 유일하게 먹는 것이 라면이었다.

그나마 바깥하고 가격 대비해서 큰 차이가 나지 않는 음식이 라면이다. 물론 지금은 다른 메뉴처럼 가성비가 최악으로 떨어져 먹지 않는다. 가격이 무시무시하게 올랐다. 휴게소에서는 생수를 마시거나 화장실만 이용할 뿐, 중간에 쉬지 않고 식사는 출장지 근처에서 해결한다. 진짜로 못 견디게 배가 고프면 차라리 요금소를 빠져나가 밥을 먹는다.

티브이 프로그램에서 휴게소를 맛집으로 소개할 때마다 혼자 실소한다. 운영 회사에 내는 마진을 생각하면 제대로 된 음식이 나올 수 없는 곳이 휴게소다. 공항 내 식당과 휴게소는 진짜, 놀라우리만치 맛은 없는데 무지막지하게 비싸다는 공통점을 가지고 있다. 둘 다 운영 주체에 내는 마진이 높기 때문이다.

휴게소 라면은 1999년 남해 고속도로에 있는 진영 휴게소에서 처음 먹어봤다. 진영 휴게소가 처음이었는지는 모르겠다. 그 당시 경부선 주변에서 라면 파는 곳이 없었다. 1~2년 후 천안삼거리 휴게소에서 라면 파는 것을 보고 감격했던 기억이 선하다. 가격은 일반 분식집과 비슷하면서 달걀에 파까지 넣어줬다. 근래에 3~4천 원 받으며 라면만 끓여 주는 곳이 대부분이다. 게다가 물 조절이 안 돼 짠 곳도 많다. 휴게소에서 라면 먹을 때 미리 뜨거운 물을 준비했다가 간을 맞추기도 한다. 떡 몇 개 넣어주고 5천 원을 받는 건 좀 심하다.

집에서는 '진라면'을 주로 먹는다. 예전에는 '신라면'이었는데 어느 순간에 바뀌었다. 딸아이가 커가면서 진라면 매운맛을 선호했다. 좋아하는 이유는 딱히 없었다. 진라면의 매운맛이 입에 맞는 것 같았다. 진라면을 끓일 때는 나름의 방식이 있다. 정석대로 물을 끓이고 스프를 넣으면서 면을 같이 끓인다.

세상에서 가장 맛있은 라면은 제조사에서 하라는 대로 끓이는 라면이라고 이야기한다. 라면 봉지 뒤편에 있는 대로 말이다. 식품공학으로 석사, 박사 받은 양반들이 제시하는 방법이니 허투로 쓰지 않았을 것이다. 진라면은 끓는 물에 4분을 끓이라고 쓰여 있었지만 난 3분을 끓인다. 청개구리의 피가 내 몸속에 어느 정도 들어 있다. 하라는 대로 하면 좋은데 꼭 그렇게 하고 싶지 않다. 레시피대로 하면 좋은데 망치더라도 그렇게 하지 않는 경우가 많다.

집에서 밥은 돌솥이나 가마솥으로 한다. 편하게 전기밥솥으로 하면 좋겠지만 물과 뜸으로 조절하는 밥맛을 현대 과학으로는 구현하지 못한다고 생각했다. 게다가 솥밥이 최고다. 물론 그 생각은 잘못된 것이다. 솥이 중요한 게 아니라 쌀이 더 중요하다. 암튼 솥으로 밥을 하면 뜸을 들이는 시기에 따라 미세하게 밥맛이 차이가 났다. 누룽지를 만들기 위해 하는 밥맛과 누룽지 없이 하는 밥맛을 비교하곤 했다. 구수한 밥맛은 탄내가 섞여 있는 누룽지 쪽이 좋았다. 반면에 밥맛을 오롯이 느끼기에는 누룽지 없는 솥밥이 좋았다. 그렇게 몇 년 밥을 했다.

어느 날 라면을 끓이다가 이런 생각이 들었다. 왜 면은 뜸을 들이지 않을까? 음식에 가해진 열로 나머지를 익히는 게 뜸. 스테이크도 굽다가 뜸을 들이는 과정을 거친다. 라면을 끓이다가 불을 끄고는 뜸을 들였다. 그렇게 끓인 면은 쫄깃했다. 덜 익어서 면이 딱딱한 것이 아니라 속까지 적절하게 잘 익었다. 면은 레시피대로 끓인 것에 비해

덜 불었다. 나중에 밥 말아 먹을 때도 쫄깃함을 유지할 정도였다.

면에 대해 터득한 노하우도 있겠다, 기본 라면에 토핑을 몇 가지만 선택할 수 있도록 할 생각이었다. 처음에는 육수도 만들까 생각했지만 '오바'로 판단, 삭제했다. 그런 다음 라면의 단짝, 김치는 어떻게 할까 생각했다. 이건 무조건 외주. 식재료 업체에서 주는 대로 받지 않고 라면 맛에 최적화된 김치를 받을 생각이었다. 김치도 배추김치만 매일 주지 않고 여름에는 열무김치를, 겨울은 배추김치를 쓸 생각이었다.

여름 배추는 맛이 없다. 여름에 분식집에서, 혹은 백반집에서 김치를 맛보면 한숨이 나왔다. 맛이 없어도 너무 없었다. 배추는 기온이 서늘해야 제맛이 난다. 1년 단위로 김치를 생산하고 묵힐까도 생각했다.

그날 쓸 김치가 떨어지면 문 닫는, 그런 생각까지 해봤다. 김치 없으면 라면 못 먹는다고 하면서 또 김치는 맛없는 것을 먹기 싫어서 김치가 맛있는 라면을 해볼까 생각했다.

두 번째도 있다. 덮밥집, 그중에서도 오징어덮밥은 심각하게 고려했던 메뉴다. 오징어덮밥을 매우 좋아하지만,

제대로 하는 곳을 만나지 못했다. 오징어덮밥을 주문하면 나오는 것은 대부분 채소덮밥이었다. 간혹 오징어가 보여도 몸통은 어디 가고 다리와 귀만 몇 조각 있었다.

이런 소소하지 않은 불만이 쌓여서 식당을 할까 했다. 오징어덮밥을 먹고 싶을 때는 집에서 해 먹는다. 집에서 할 때는 채소 따위는 넣지 않는다. 맛도 없는 당근, 양파는 아예 넣을 생각도 안 한다. 서걱서걱 씹히기만 하는 양배추는 쳐다보지도 않는다. 채소를 조금 넣는다면 대파 정도다.

음식은 향이 있어야 맛이 좋아진다. 대파 향은 포기하기 힘든 유혹이다. 오징어덮밥은 오징어가 주인공인 덮밥이다. 집 밖에서는 채소를 익히기 위해 오래 볶아 오징어가 질겨지지만 집 안에서 요리할 땐 그럴 필요가 없다. 불 사용 시간을 최대한 줄여야 식감이 보들보들하고 야들야들하다. 잔뜩 넣은 채소를 익히기에만 급급하니 질겨질 수밖에. 같은 이유로 마라탕을 무지 싫어한다. 맛을 떠나 안에 들어간 재료가 곤죽이 돼서 나오기 때문이다. 내가 오징어덮밥집을 하면 반찬도 주지 않을 생각이다. 비빔밥이나 덮밥이나 밥과 반찬이 한 몸이 된 메뉴다.

일전에 전주에 갔다가 밥때 지나서 유명한 비빔밥집에 들른 적이 있다. 비빔밥을 주문했지만 깔리는 찬이 열댓 가지가 넘었다. 이렇게 저렇게 사진 찍고 있자니 주인장이 말을 걸어와 대화를 나눴다. 대화 중간에 궁금한 걸 물어봤다.

"왜 비빔밥에 반찬이 이렇게 많은 거죠? 사실 비빔밥이라는 게 이미 반찬 넣고 비벼 먹겠다는 거잖아요?"

"그러게요, 안 주면 먹을 게 없다고 성화, 티브이에서 워낙 전라도는 어딜 가든 상다리 휘어진다고 해대니 방법이 없어요."

하소연만 하는 쥔장을 보면서 답답했다. 사실 오징어덮밥에 오징어만 제대로 들어가면 다른 건 필요 없다. 김치도 잘 안 먹게 된다. 오징어덮밥만 하면 왠지 심심하니 다양한 오징어를 써볼까도 생각했다. 한겨울에는 동해에서 나는 화살꼴뚜기를, 여름에는 제주에서 나는 창꼴뚜기를 쓰면 재미있을 것 같았다. 가을에는 갑오징어를 계절 한정으로 내도 좋을 것이다. 창꼴뚜기와 화살꼴뚜기가 뭔가 싶겠지마는 우리가 알고 있는 한치다. 다리 길이 때문에 한치로만 알려졌지만, 이름이 따로 있다. 오징어덮밥 메뉴에 계절 메뉴를 더하면? 재미있을 것 같다.

출장이 잦은 게 내 일이다. 운전하면서 가끔 머릿속으로 식당 운영하는 상상을 하곤 한다. 지점을 한 열 개 정도 운영할 즈음이면 목적지에 도착한다. 국밥집 사장이 되어 있는 날도 있다. 메뉴는 달라도 식당의 특징은 명확하다. 오징어덮밥에는 오징어가 많이 들어가야 하고, 라면에는 김치가 맛있어야 한다.

천상의 밥맛

살면서 기억에 남는 영화가 있다. 한동안은 고등학교 시절에 봤던 톰 행크스 주연의 〈빅〉이었다. 시간이 지나면서 두어 번 인생 영화가 바뀌었다. 2015년, 일본 영화 〈리틀 포레스트〉를 보고 나서는 근래까지 바뀌지 않고 있다. 한국에서는 김태리 주연으로 만들어졌지만 찾아보지는 않았다. 원작에서 느낀 감동을 훼손시키고 싶지 않아서다.

영화 속에서는 계절에 따라 음식이 바뀐다. 주인공이 농사짓거나 채취한 것으로 요리를 한다. 혹은 과거로 돌아가 엄마나 누가 요리하는 것이 나온다. 보고 있으면 먹방이 아님에도 나도 모르게 군침을 삼키고 있다. 내가 가장 좋아하는 수제비, 수확한 팥으로 만든 만주와 찐빵, 무말랭이 등 다양한 요리가 나온다.

여러 장면 중에서 두 영상이 마치 방금 본 것처럼 뇌리에 박혀 선하다. 하나는 무말랭이 말리는 장면에서 친구랑 대화하는 장면. 창문이 보이고 배경으로는 하얀 눈이 소복이 쌓여 있다. 창문과 눈 사이에 무를 말리는 장면이 나온다. "춥지 않으면 만들 수 없는 것도 있어, 추위도 조미료의 하나다"라고 주인공의 독백 같은 대사가 나온다.

온도 변화는 살아 있는 것을 긴장하게 만든다. 추위가 닥치면 채소나 과일은 얼지 않으려고 당도를 올린다. 맹물보다 설탕 탄 물이 서서히 어는 이치다. 일교차가 큰 지역의 농산물일수록 당도가 높아지는 까닭이다. 얼지 않으려는 자구책이지만 사람들에게는 축복이다. 나머지 하나는 쌀이 나오는 장면이다. 주 요리로 등장하지는 않지만 저렇게 수확해서 도정한 쌀은 어떤 맛일까 궁금함을 불러일으켰다. 영화에서는 트랙터가 아닌 낫과 기계로 벼를 베어내고는 켜켜이 쌓아 말렸다.

오래전이었다. 맛 칼럼니스트와 예전 밥맛에 관해 이야

기를 나눈 적이 있다. 주제는 트랙터나 지금과 같은 건조기가 없던 시절의 밥맛이었다. 내년 농사를 위해 일부 농가에서 자연 건조한 쌀 맛을 본 적이 있다는 칼럼니스트의 말에 호기심이 생겼다. 언젠가는 먹어봐야지 하고는 기억 속에 저장했다가 잠시 잊고 살았다.

영화를 보다가 잊고 있던 쌀 맛에 대한 호기심이 일었다. 추수하는 장면이었다. 요리의 주제는 호두였지만, 호두는 눈에 들어오지 않았다. 주인공이 추수한 쌀을 묶고, 던지고, 쌓는 장면을 몇 번이고 다시 봤다. 저런 쌀을 어떻게 하면 구할 수 있을까 궁리하다가 바쁜 일상에서 다시 잊었다. 잊었지만 머릿속에서는 잠재된 상태였기에 기회를 만났을 때 다시 튀어나왔다.

경기도 양평에서 귀농해서 농사짓는 최병갑 농부를 만났다. SBS에서 방영한 '폼 나게 먹자'를 찍으면서 인연이 됐다. 산부추 농사를 짓는데 찾는 이가 적었다. 산부추 수확이 끝나고 난 다음 촬영을 했는데 이래저래 촬영을 마치고, 이듬해 찾아가서 이야기를 나눴다. 어떤 식으로든 도움을 주고 싶다는 생각에 사업을 제안했다. 쌀을 만드는 데 가격은 상관없으니 밥맛을 우선으로 해보자고 했다. 농사짓는 것은 최병갑 농부가, 파는 것은 내가 하기로 하고 말이다. 그렇게 의기투합, 쌀 재배를 했다. 우선 모를 심는 이양기의 간격을 넓혔다. 그렇게 해서 첫해 수확했다. 품종은 삼광이었다. 내가 먹어본 삼광 쌀 중 가장 맛있었다.

이듬해 농사는 전년보다 이양기 간격을 더 넓혀 모를 심었다. 그리고 가을걷이 때 트랙터 대신 영화에서처럼 자연 건조하기로 했다. 그런데 그해에 하느님이 참으로 무심하게 비를 뿌렸다. 그 덕에 농부가 고생을 많이 했다.

계절은 그렇게 지나 가을, 추수의 시간이 왔다. 추수에 맞추어 논으로 나갔다. 트랙터 한 대면 끝날 일을 예닐곱 명이 달라붙어서 하고 있었다. 사람 숫자로 보면 비효율도 이런 비효율이 없었다. 베어낸 벼를 묶는다. 묶은 벼는 옮겨서 논 가운데 설치한 걸대로 가져가 말린다. 그렇게 사나흘, 건조한 벼를 트랙터에 넣고 난알을 턴다. 처음부터 트랙터로 했으면 한 방에 끝냈을 일이다.

벼는 익으면 고개를 숙인다. 겸손함을 이야기할 때 자주 언급하는 속담이다. 벼는 익으려고 고개를 숙일 때 수확해야 맛있다고 한다. 그렇게 수확해서 바람과 햇볕에 말려야 제대로 밥맛이 난다고 하더니, 실제로 그랬다.

힘들고 어려운 농사였지만 결과는 놀라웠다. 며칠 후

도정했다는 연락을 받고 바로 왕복 200킬로미터 길을 달려 쌀을 받아 왔다. 택배로 내일까지 기다릴 수가 없었다. 받아 온 쌀을 씻고는 가스레인지에 올렸다. 가마솥에서 물이 끓기 시작하더니 이내 잠잠해진다. 뚜껑을 닫고 불을 줄인다. 5분 뒤 가장 낮게 조절한 불을 끄고는 뜸을 들였다. 1분, 2분, 3분 지나는 시간이 하루, 한 달, 1년이 지나는 듯했다. 그렇게 해서 10분 조금 넘었을 때 뚜껑을 열었다.

그토록 빛나는 밥은 처음이었다. 밥 향이 주방 가득 퍼졌다. 밥을 주걱으로 뒤집지도 않고 떠서 입에 넣었다. "아, 흐흐흐, 뜨거. 뜨거" 하면서도 밥을 뱉어내지 않았다. 처음 맛보는 밥맛이었다. 10년도 전에 이야기만 들었던 자연 건조 쌀을 이렇게 맛봤다는 사실에 혼자서 감개무량에 빠져 있었다.

늦은 저녁상을 차려 밥을 먹으면서 생산자에게 전화했다. 고맙고, 고맙다고 말이다. 생산자도 이런 밥맛은 처음이라고 한다. 같이 추수했던 이들 중 누군가가 구십 노모에게 밥을 해드렸더니 두 그릇이나 드셨다고 한다. 예전 먹었던 밥맛이라고 말이다.

희열, 오랫동안 꿈만 꾸었던 일을 이루었다. 어느 맛 칼럼니스트의 경험, 마포 술집에서 마냥 부러워만 하던 때로부터 12년 만이다. 일을 하면서 느낄 수 있는 기쁨, 소소한 기쁨이 아니라 희열이라 말할 수 있을 정도였다. 양평군 청운면에서 서울 양천구로 오는 그 두어 시간이 그리 좋을 수가 없었다. 쌀을 세상에 내놨고 쌀은 보기 좋게 성공했다.

딱 거기까지였다. 생산자가 도저히 힘들어서 못하겠다며 포기를 선언했다. 다른 농사보다는 더 많이 움직여야 하기에 혹시라도 다칠지 모르겠다 싶은 염려도 한몫했다. 서운했지만 이해는 갔다. 이듬해에 다르게 농사지었지만 그 맛이 아니었다.

세상일이 내 뜻대로 흘러가지 않는다. 무엇인가 계속해서 판단을 하게끔 훼방 놓는다. 판단하고, 훼방을 이겨내야 무엇인가를 내준다. 자연 건조한 쌀로 지은 밥맛을 기억하고 있는 한 다시 한번 시도할 것이다. 꿈을 꾼다는 것은 일을 재밌게 할 수 있는 힘이다.

토종 농산물의 은밀한 매력

최근에 목표가 생겼다. 새로운 꿈이다. 별것 아닌 듯 보여도 꼭 해보고 싶은 일이다. 옛날 방식 그대로 농사짓고 자연 건조한 쌀로 밥을 지어 먹고 싶은 꿈을 이루고 또 다른 꿈을 꾸기 시작했다. 특별한 배추와 마늘, 고춧가루로 김치를 담그려는 계획이다. 별것 아니다. 세부적으로 들어가 보면 별것일 수 있다. 재료를 전부 토종 농수산물로 해서 담그려고 한다. 본격 생산은 내년, 올해는 배추와 고춧가루를 시험 생산하려고 한다.

우리가 알고 있는 배추는 호胡배추다. 100년 전 즈음 중국 산둥성에서 넘어온 배추다. 결구(배추 따위의 채소 잎이 여러 겹으로 겹쳐서 둥글게 속이 차는 일)가 잘되는 배추이기도 하다. 호배추가 들어오기 전에는 재래종 배추가 동네마다 있었다. 지금처럼 물류가 발달하지 않았던 시기였기에 동네마다 키우는 배추가 있었을 것이다. 배추가 있었을 것으로 추측하는 이유는 현재 남아 있는 배추의 이름 때문이다. 서울 배추, 개성 배추, 의성 배추, 구억 배추 등 지역명에서 이름을 따왔다.

굳이 배추가 아니더라도 토종 벼를 유추하기는 쉽다. 토종 벼를 재배하는 '우보농장'에서 들은 이야기에 따르면 하천 건너 사이, 재 너머에서 키우는 쌀의 품종이 달랐다고 한다. 주식이 되는 쌀이 동네마다 각각 달랐으니 채소, 마늘도 달랐을 거라 추측하는 게 옳지 않을까 싶다.

제주 대정읍 구억리에서 씨를 받은 배추가 구억 배추다. 재래종 배추 중에서 결구가 되는 배추다. 결구가 다른 재래종보다는 낫더라도 지금 먹고 있는 배추보다는 속이 차지 않는다. 지금이야 속 꽉 찬 배추가 대세지만 1980년대 초반까지는 재래종 배추가 같이 유통되었다고 한다. 주영하 교수가 쓴 《식탁 위의 한국사》에서 '1980년대 초반이 되자 호배추로만 김장 김치를 담갔다. 당연히 시장에서 조선 배추는 찾기 어렵게 되었고, 호배추란 이름도 그냥 배추로 바뀌었다'라고 이야기하고 있다. 우리가 알고 있는 속 꽉 찬 배추김치 이미지는 1980년대 이후에 형성된 이미지다.

2020년 여름, 취재차 양평 장터를 갔다가 개성 배추를 봤다. 얼핏 봤을 때는 열무인 줄 알았다. 자세히 보고 옆에 적혀 있는 글씨를 보니 개성 배추라 쓰여 있었다. 판매하는 이에게 물으니 개성 배추가 맞다고 한다. 모양새가 얼갈이와 무, 갓을 잘 섞어 놓은 것 같았다. 집에 가져가서 배추를 절이고 김치를 담갔다.

며칠 지나 익은 김치를 맛봤다. 희한한 맛이 났다. 보통의 배추라면 아삭함과 시원함 두 가지만 있다. 익으면서 조직은 연해지고 신맛이 증가한다. 이 녀석은 거기에 갓과 열무의 쌉싸름함이 있었다. 열무김치 담글 때 얼갈이를 넣어 같이 담그는데 얼갈이와 열무를 같이 먹을 때 나는 맛과 비슷했다. 열무와 얼갈이보다 씹는 맛이 더 좋았다. 맛을 보면서 여름 김치로 제격이라는 생각이 들었다.

앞에서 말했듯 여름 배추는 맛이 없다. 고랭지 배추라 하더라도 겨울에 나오는 배추와 비교해 맛이 심심하다. 심심한 배추 대신 개성 배추를 사용하면 좋겠다는 생각이 들었다. 올여름에도 혹시나 하고 양평 양수리에서 열리는 장터에 배추 사러 갔다. 하지만 여기저기를 둘러봐도 배추는 없었다.

대신 몇 가지 토종 고추가 반겨주고 있었다. 이름도 생소한 '화천 재래초', '유월초'와 작년에 한 번 소개한 '수비초'가 손님을 기다리고 있었다. 판매하는 이가 내미는 유월초를 맛봤다. 청양고추보다 맵다는 말을 들으면서 씹었다. 밍밍하던 맛이 매운맛으로 변하기 시작했다. 죽을 정도의 매운맛이 아니었다. 대신 매운맛 여운이 제법 길었다. 꽈리고추 비슷한 식감이 나는, 유월초보다 더 매운 화천 재래초는 고기와 볶으니 맛이 좋았다.

올해에 괴산 고춧가루 생산자에게 음성 재래초를 부탁드렸다. 부지런히 괴산을 오갔다. 처음에는 부탁드리는 일 때문에, 그다음은 고추 자라는 것을 사진 찍기 위해 갔다. 수확하기 전에 갔을 때는 생산자가 하소연했다. 이 유인즉 농사짓기 힘들다는 것이다. 생산량이 적은 것도 불만이었다. 다른 것들 몇 번 딸 동안 재래종은 아직도 자라고 있었다. 게다가 다른 고추보다 키가 크게 자라 약 뿌리기가 어렵다는 것이다. 작은 키의 고추는 팔을 뻗기만 해도 한 고랑 지나면서 몇 개의 고랑에 한꺼번에 약을 칠 수 있다. 하지만 이 녀석은 키가 어른 겨드랑이 정도까지 자라 고랑 좌우로만 약을 뿌릴 수 있어서 몇 배 힘들다고 했다.

간 김에 풋고추를 따와 맛을 봤다. 다른 고추보다 피가 두꺼웠다. 별맛 없는 것처럼 느껴지는가 싶더니 매운맛이 살살 올라왔다. 사람 괴롭히는 매운맛은 아니었다. '오~ 맵네' 하는 정도의 맛이 상당히 깔끔한 녀석이다.

가을이 되어서 고춧가루를 받았다. 그걸로 떡볶이를 했다. 먹다 보니 땀이 삐질삐질 났다. 매운맛은 없는데 매움을 느낀다. 맛이 매력적이다. 이 녀석과 가을에 나는 개성배추로 김치를 담가볼 생각이다. 아니면 아산의 구억 배추로 담가봐도 좋을 것 같다.

생각해 보면 새로운 식재료는 없다. 모르고 있거나 아니면 잊고 있거나 둘 중 하나다. 새로운 식재료를 찾는다면 토종 종자도 대안이 될 수 있다. 올해는 토종 배추, 마늘, 고춧가루로 김치 담가봐야겠다.

레시피에도
'꼰대'가 있다

딸아이 윤희는 닭도리탕을 좋아한다. 백숙도 잘 먹지만 닭도리탕이나 감자탕은 가끔 해달라고 할 정도다. 매콤한 국물이 좋다고 한다. 어느 날 닭도리탕 대신 찜닭을 했다. 레시피는 대충 알지만 해본 지 오래되어 레시피를 검색했다. 검색 결과 최상단에 뜬 레시피를 보고는 기절할 뻔했다.

충격을 받은 레시피는 이랬다. '쌀뜨물에 30분 담가서 잡내를 제거한다.'

고기 요리 레시피에 빠지지 않고 등장하는 단어가 '잡내'다. 잡내는 재료의 상태가 나빠지면서 생기는 냄새다.

고기, 생선, 채소 할 것 없이 말이다. 재료 상태가 좋으면 냄새가 날까? 답은 'No'다. 요리하는 이가 나쁜 재료를 사 왔다면 잡내 제거는 필수지만 그런 재료를 사는 사람이 있을까? 이 대답 또한 'No'다. 그런데도 늘 잡내를 제거해야 한다고 한다.

없는 잡내를 제거하기 위해 쌀뜨물에 30분 담가야 한다고 친절하게 알려주는 것이다. 게다가 쌀뜨물에 담가 냄새를 제거하는 것은 생선에 적합한 방법이다. 쌀뜨물의 전분이 비린내의 주성분인 트리메탈아민을 감소시킨다고 한다. 비린내 제거에는 쌀뜨물뿐만 아니라 식초나 레몬도 한몫하는데 유기산이 트리메탈아민과 결합해 냄새가 나지 않도록 한다고 한다. 이쪽에서 유용하다고 해서 저쪽에서도 효과가 있는지는 미지수인데도 그러려니 사용하는 듯싶다.

두 번째로는 미림이나 소주를 넣고 끓이는 방법을 제시한다. 비싼 미림을 넣어 끓이는 이유를 모르겠다. 미림에 든 알코올이 날아가면서 냄새도 잡는다는 과학적 근거는 어디에도 없다. 미림에 들어 있는 식초라면 몰라도. 미림이라는 게 알코올 함량 14퍼센트 내외의 술이다. 곡물을 발효하는 과정에서 단맛과 감칠맛 성분도 같이 생성한 것을 음식에 활용한 것이다. 국내에서 사용하는 것은 주정에다가 조미료와 식초를 넣고 만든 것이다. 음식 만들 때, 굳이 꼭 넣어야 하는 것은 아니다. 누군가가 넣어야 한다고 하니 그냥 넣는 이들이 많다. 닭 냄새를 제거하는 것은 한소끔 끓이고는 물을 버리고 냄비 바닥과 닭에 묻은 이물질만 깨끗이 씻어내도 된다. 쓸데없는 공력 낭비다.

홈쇼핑에 누구누구 요리사나 요리연구가 이름을 단 육가공품이 많다. 갈비탕, 양념 고기, 스테이크, 떡갈비가 주 상품군이다. 그들은 방송에 나와 이런저런 이야기를 하면서 '잡내'를 잡기 위해 여러 재료를 넣었다고 한다. 없는 잡내를 '굳이' 잡기 위해서 말이다. 고기의 잡내라는 것은 상태가 좋지 않음을 의미한다. 상하기 직전이거나 시작한 고기라면 잡내가 있다. 그러나 정상적으로 사육하고 도축을 했다면 잡내 날 일이 없다.

냉장고가 없거나 귀했던 시절에는 잡내 나는 고기가 많았다. 몇 년 전 베트남의 도축장에 가본 적이 있다. 도축장이라는 게 가축이 고기가 되는 곳. 환경은 깨끗해도 피 냄새는 연신 후각을 자극한다. 외부에서는 냄새를 맡을 수 없다. 국내에서 도축장은 네다섯 번 들어간 경험이 있기에 두려움이나 거리낌은 없었다.

국내 도축장에서 도살장 안의 밝기는 좀 어둡다. 가축이 들어서면 전기충격기로 기절시키고는 천장에서 돌아가는 컨베이어 벨트에 거꾸로 매단 후 목을 베서 피를 빼낸다. 피를 잘 빼야 고기에서 냄새 나는 것을 막을 수 있다. 그다음 내장과 머리, 가죽을 벗겨내고 이등분 한다. 그러고는 냉장고로 이송해 열을 식힌다. 열을 빨리 내리게 해서 미생물의 성장을 막아 냄새가 나지 않도록 한다. 그렇게 냉장고에서 하루 보관하고는 부위별로 포장한다. 포장도 진공포장으로 미생물의 성장을 최대한 억제한다. 냉장차로 판매장까지 이송하고는 바로 냉장고로 이동한다. 이는 냉동 고기도 마찬가지다.

반면 베트남에서 본 도축장은 허술하기 짝이 없었다. 도축장 근방부터 심하게 피 냄새가 몰려 왔다. 돼지가 들어오면 바로 멱을 따서 쓰러트렸다. 숨이 붙어 있는 채 경련을 일으키는 돼지 목에 호스로 물을 넣어 피를 뺐다. 피를 뺀 돼지는 바닥에 질질 끌려 다음 작업장으로 이동해 뜨거운 물에 잠시 담겼다가 털을 깎였다. 그런 다음 내장과 머리를 떼 내고 이등분 해서 냉장 처리하고는 판매장으로 이송한다.

냉장차 이송도 있지만 상온 이송도 많다. 재래시장에

가면 고온 다습한 날씨인데도 상온에서 판매하고 있다. 고기에서 냄새가 나고도 남을 환경이다. 베트남 고기 요리에 갖은 향신료가 들어가는 까닭이기도 하다. 우리도 1980년대까지는 이랬다. 냉장고 보급률이나 위생 관념이 지금과 많이 달랐던 시절 고기는 잡내가 있었다. 그때 방송이나 신문, 잡지에서 고기를 요리할 때 잡내 없애라 한 것이 지금까지 사라지지 않고 남아 있는 것이다.

재료가 바뀌면 레시피가 바뀌어야 하지만, 바뀌지 않는다. 이유는 간단하다. 공부를 안 하기 때문이다. 전에 했던 사람이 했기에 그냥 하는 것이다. 수많은 사람들이 했기 때문에 하고 또 한다. 이야기하는 이들이 요리사이고 연구가이다 보니 정설이 되었다. 1970~80년대 전문가들이 했던, 잡내 잡는 방법이 현재도 통용이 된다.

1996년에 백화점에 족발과 순대를 납품하던 업체의 대표에게 잡내 잡기 위해 고기를 삶을 때 커피를 넣는다는 이야기를 들었다. 25년 전에는 그게 비법이었다. 잡내가 나던 고기들이 서서히 사라지던 시기였다. 문제는 지금도 그 비법들이 아직도 통용된다는 것이다. 기절할 뻔한 찜닭 레시피에도 커피를 넣으라는 팁이 있었다. 고기만 그런 것도 아니다.

한편 밥 잘 짓는 비법에도 몇 가지 있다. 나는 좋은 쌀을 사겠지만 사람들은 일단 좋은 밥솥을 산다. 어찌 보면 당연하다.

밥 지을 때는 먼저 쌀을 씻고 불린다. 당장 구글이나 네이버에 검색해 보면 비슷한 내용이 나온다. 씻고 불리는 시간 30분. 하지만 요즘 쌀을 이렇게 불리면 맛없다. 품종에 따라 곤죽이 되기도 한다.

30분 불려야 한다는 말은 어디서 나왔을까? 고기의 잡내를 없앴던 세대가 만든 작품이다. 지금의 쌀과 많이 다른 쌀로 밥을 짓던 이들 말이다. 과거의 쌀은 아밀로스 함량이 높았다. 동남아 여행 가서 먹는 인디카종 쌀의 특징이 찰기가 없는 것이다. 아밀로스 함량이 높으면 찰기가 사라진다. 부족한 찰기를 그나마 있게 만들려면 오래 불려 부드럽게 해야 한다. 30분 이상 불려야 한다는 비법이 나온 까닭이다.

예전에 정부미와 일반미라는 게 있었다. 정부미는 정부에서 지정한 품종을 심은 것만 수매한 쌀이다. 정부미의 하나인 통일벼는 한반도에 쌀 자급률을 가져온 품종이다.

이 쌀의 조상은 인디카종으로 다수확 품종이지만 아밀로스 함량이 높아 우리 입맛하고 맞지 않다. 돈이 있는 사람들은 정부미 대신 일반미를 먹곤 했다. 지금 우리가 먹고 있는 추청벼의 조상 격인 아끼바레가 일반미 품종이다.

그 당시 정부미나 일반미나 아밀로스 함량이 20퍼센트 이상으로 높았다. 비료를 많이 준 경우 단백질 함량이 높았다. 단백질 함량이 높으면 수분이 쌀로 침투하는 것을 방해한다. 즉 딱딱한 쌀이 부드러운 밥이 되는 것을 막는다. 그런 까닭으로 30분 이상 물에 불려야 했다. 지금은? 쌀이 달라졌다. 20퍼센트가 넘던 아밀로스 함량은 19퍼센트 이하가 대부분이다. 또한 그 당시는 검사도 안 하던 단백질 함량을 검사해 6퍼센트 이하로 조절하려고 한다. 쌀을 불려야만 했던 이유가 사라졌다. 게다가 앞서 이야기한 것처럼 좋은 밥솥이 집집마다 있으니 더더욱 불릴 이유가 없다.

쌀 중에 반찹쌀계 품종이 있다. 백진주, 골드퀸 3호, 밀키퀸이 대표 품종이다. 이 품종들은 불리면 특유의 찰기가 사라지고 질어진다. 아밀로스 함량이 9~13퍼센트로 다른 쌀보다 낮기 때문이다. 변하지 않는 법칙인 손등 높이로 물 넣고 밥해도 질어진다. 쌀 품종이 다양해진 만큼

밥하는 법도 달라져야 하는데 그렇지 않은 게 현실이다.

집에서 밥은 내 담당이다. 결혼할 때 아내와 약속했다. 밥은 해줄 테니 나머지는 당신이 해라. 밥을 선택한 이유는, 잘하기도 하고 일할 때 도움이 되기 때문이다. 취사병이었고 식품 MD이니 표본이 많았다. 받은 샘플을 테스트하면서 개선점이나 장단점을 파악했다. 설명서만 보고 이야기하는 것과 실제 해보고 먹는 것과는 이해의 깊이가 다르다.

돼지고기 수육 만들 때 레시피를 보자. 돼지고기는 비싼 부위인(가격만 높은) 삼겹살이나 목살을 준비하라고 한다. 요리 재료로 마늘, 생강, 소주, 된장, 대파, 월계수잎을 준비하라고 알려준다. 그리고 다 때려넣고 삶으라 한다.

집에서 수육을 만들 때는 돼지고기 앞다리나 뒷다리를 산다. 삼겹살의 1/2 가격이다. 재료는 물, 소금, 마늘 두어 쪽이면 된다. 뭐가 없어도 너무 없다. 있을 이유가 없기 때문이다. 맛있는 품종은 재료에서 맛이 나기 때문에 별다른 재료가 필요 없다. 취향에 따라 맛을 더하기 위해 다른 재료를 넣으면 된다. '1+1=2'처럼 누구도 부정할 수 없는 레시피는 필요 없다. 잡내 나지 않을까? 걱정되겠지만, 안 난다. 백색 돼지든 버크셔든 몇 가지 돼지고기로 테스트를 해본 결과 들어가는 주재료를 줄일수록 재료 고유의 맛이 살았다.

맛있는 음식을 만드는 비법 첫 번째는 맛있는 재료 선택이다. 맛있는 밥을 짓기 위해서는 좋은 밥솥이 아니라 좋은 쌀이 필요하다. 우리가 하루하루 변해가는 것처럼 우리가 매일 먹던 것들도 나날이 바뀌고 있다. 매년 몇 번씩 같은 산지를 찾는 이유다. 예전에 알던 사실만 떠들다 보면 도태되거나 아님 꼰대가 된다.

레시피가 변하지 않는 이유는 간단하다. 재료에 관해 공부를 하지 않았기 때문이다. 선배나 스승이 그랬기 때문에 그러려니 하다가 수십 년이 쌓였다. '썰'은 법칙이 되었다. 방송이나 글에서 잡내 이야기를 하는 사람들을 보면 티브이에 대고 혼자 이야기한다.

"그 입 다물라!"

고기 파는 이가 잡내 난다고 하면 좋은 고기를 쓰지 않았다는 말과 비슷하다. 셀프 디스다. 좋은 재료로 하는 요리의 레시피는 복잡할 이유가 없이 '미니멀리즘'이다.

4장

이 순간에도
온갖 먹거리와 돈 그리고
인생이 돌고 돈다

계절을 느끼는 그곳이 현장

어느새 나이가 쉰둘. 어디 가서는 쉰이라 이야기를 한다. 나이 먹는 게 두렵기 시작했다. 오십 넘을 때까지 골프를 치지 않았다. 한 가지 취미를 오랫동안 했기에 그냥 그것만 했다. 언제부터 낚시를 했는지 곰곰이 따져봤다. 과자로 유혹한 아버지를 따라다닌 것을 제외하고 스스로 낚싯대를 펼치고 앉았던 기억을 더듬어 보면 초등학교 4학년 즈음일 듯싶다.

지금은 매립되어 없어진 송도유원지의 기억이 강렬하게 남아 있다. 그 당시 송도유원지에는 모래사장을 조성한 해수욕장이 있었다. 그리고 한편에서는 지금의 유료 낚시터의 조상 격인 조그마한 낚시터를 같이 운영했다. 여름날, 온 가족이 송도유원지에 1박 2일로 놀러 갔다. 낮에는 해수욕장에서 놀다가 저녁에 낚시터에서 낚시를 했다. 해가 질 무렵 혼자 낚싯대를 들고 이곳저곳을 헤집고 다녔다. 다행히 낚시하는 사람이 드물어 가능했다. 그때는 낚시터에서 떠들기만 해도 혼나던 시절이었다.

낚시터에서 가끔 사용하는 나룻배 옆에 자리를 잡고 앉아 있었는데 갑자기 찌가 사라지더니 강렬한 힘이 낚싯대에 전달됐다. 살고자 하는 녀석의 몸부림이 가느다란 줄과 낚싯대를 타고 그대로 느껴졌다. 이리저리 흔들리는 낚싯대에 내 팔도 이리저리 나부꼈다. 건너편 아버지를 향해 고함을 질렀지만, 아버지는 다른 일에 열중이셨다. 주변에 있던 아저씨들이 뜰채 들고 뛰어오며 소리를 질렀다. "야, 이놈아. 낚싯대 세워. 세워어……!"

그때는 몰랐다. 낚싯대를 세우라는 말이 무슨 말인지. 낚싯대를 세워야 낚싯대와 줄이 가지고 있는 힘으로 고기를 제압할 수 있음을. 낚시에서 가장 중요한 것은 대와 내 몸이 수직으로 일자가 되도록 만드는 것. 팔을 들고 낚싯대를 높이 쳐들면 나머지는 줄과 낚싯대가 녀석과 힘겨루기를 한다. 그러다가 종국에는 녀석이 물 밖으로 끌려 나온다. 하지만 그걸 몰랐기에 내 팔은 거의 수평이었다. 녀석의 뜻대로 내 몸과 팔이 흔들렸다. 그러다가 결국은 낚싯바늘이 펴졌다. 허탈한 마음에 낚싯바늘을 다시 매달고 그 자리에 던졌지만 이미 떠난 버스였다. 잉어였는지, 아님 붕어였는지는 모른다. 그 녀석이 남긴 강렬함이 나를 낚시꾼으로 만들었다.

대학 다니면서 혼자만의 낚시를 즐기기 시작했다. 주말이 없던 뉴코아백화점에 다닐 때는 꿈도 못 꿨지만, 바이엔조이에 다니면서는 낚시 동호회에 가입해 활동도 했다. 물론 지금도 하고 있다. 예전에는 붕어 낚시를 주로 다녔다. 항상 낚시 장비를 차에 싣고 다녔기에 지방 출장이 잦은 나에게는 최고의 취미였다.

낚시 애호가들은 월척을 잡으러 지방의 저수지를 일부러 찾아다닌다. 나는 출장 가서 업무를 마치고 저녁에 밤낚시를 했다. 다른 사람은 일부러 시간 내서 가는 낚시를 나는 일하고 난 후 하니 이보다 좋을 수가 없었다. 지방에 가면 협력사가 저녁 먹자고 하는데 웬만해서는 거절했다. 술보다 낚시가 좋았다.

그러다가 딸아이가 태어나면서 낚시 장르가 바뀌었다. 붕어 낚시라는 게 1박 2일 밤낚시를 해야 한다. 밤낚시를 하고 집에 오면 아이 돌보기가 힘든 탓에 루어 낚시로 변경했다. 1박 2일 대신 당일치기 낚시가 가능한 것이 루어였다. 취미 생활은 해야 하고 아이도 봐야 하니 루어 낚시가 딱 맞았지만 아이가 초등학교 다니면서는 그마저도 못 다녔다. 자기와 놀지 어디 가냐는 항의를 듣고 낚시를 잠시 접었다. 그래도 1년에 한두 번 정도 아이한테 허락을 받고 낚시를 다녔다.

낚시는 내 일과 밀접한 관계가 있었다. 핑계 댄다고 이야기할 수 있다. 낚시가 좋아 다녔지만 나름 얻는 지식이 쏠쏠했다. 식품 MD는 모름지기 계절 변화를 몸으로 미리 느끼며 준비해야 한다. 무슨 준비? 계절의 변화는 식재료의 산지와 품목이 바뀐다는 사실을 의미한다.

봄에서 여름, 여름에서 가을, 가을에서 겨울로 바뀌기 전 날씨는 변화무쌍하다. 물론 겨울에서 봄도 마찬가지다. 날씨는 화창한데 바람이 무지 불 때가 있다. 며칠 불다가 잠잠하다가 또다시 불기를 반복하다 보면 어느새 계절이 바뀌어 있다. 낚시꾼들이 흔히 "미친놈하고 바람은 밤이 되면 잔다"라는 말을 한다. 보통의 바람이라면 맞다. 낮에 바람이 불다가도 저녁에 달이 뜨면 바람도 잠들었다. 계절이 바뀔 때는 바람이 자지 않는다. 북서풍(겨울)에서 동남풍(여름), 동남풍에서 북서풍으로 1년에 두 차례 바람이 바뀐다. 달력을 보지 않아도, 부는 바람에 계절의 흐름을 안다.

계절풍이 불기 시작하면 그다음 계절의 식재료를 준비한다. 가을바람이 불면 김장 준비를 하듯 말이다. 김장 배추는 보통 8~9월 사이에 심는다. 슬슬 동남풍이 불면 각종 모종 준비를 한다. 봄에 심어 여름에 수확하는 작물이다. 고추며, 감자며 그렇게 한다. 또 한 가지는 생선의 제철을 알 수 있다는 것이다. 낚시꾼들은 여름 광어는 쳐다보지 않는다. 어떻게 하든 맛이 없기 때문이다.

여름 광어가 맛없는 이유는 간단하다. 이른 봄에 산란한 광어가 이제 겨우 몸을 추스르는 시기가 7월이다. 8월부터는 조금씩 맛이 든다. 광어의 먹이가 되는 멸치나 다른 치어들이 바다에 널려 있으므로 먹이 활동을 충분히 한다. 여름에 광어만 맛이 없는 것이 아니다. 고기도 맛이 없다. 소, 돼지, 닭 모두 그렇다. 더위는 입맛을 빼앗아 간다. 무엇을 먹어도 맛이 없다. 살이 빠지기 십상이고 에어컨만 찾아 헤맨다. 사람은 에어컨 바람이라도 쐴 수 있지만, 가축은 그렇지 못하다. 더운 축사에서 살아남기 위해 사료를 소비하고 있을 뿐이다. 1년 중 맛이 가장 떨어지는 여름, 고기 맛이 그저 심심하다.

주꾸미는 봄보다 겨울에 맛있다는 것도 낚시로 알았다. 봄에는 산란을 위해 식음을 전폐하고 소라 껍데기로 찾아든다. 먹이활동을 하지 않고 산란에 모든 에너지를 쏟아붓기에 살에 단맛이 없다. 반면 가을과 겨울은 성장을 위해 먹이 활동이 활발하다. 주꾸미들이 좋아하는 것은 새우. 그래서 가을에 주꾸미 낚시할 때 미끼 모양이 새우다.

낚시는 나름의 업무 연장이었다. 그렇게 여전히 믿고 있고, 주장하고 있다. 낚시를 하면서 계절감만 얻는 게 아니다. 낚시터에 있으면 아이디어가 마구 솟아나기도 한다. 요즘 1년에 한 번 정도 붕어 낚시를 하러 간다. 좋아하는 곳은 충주호 좌대. 아무도 없는 좌대에 올라타면 사방이 조용하다. 심심할 것 같지만 의외로 시간이 잘 간다. 스마트폰이 있는 지금과 달리 핸드폰만 있던 시절에는 이런저런 상상하기 딱 좋았다.

풀리지 않는 일이 있으면 가끔 낚시하러 갔다. 시간이 허락되지 않으면 사무실 주변을 뱅글뱅글 돌았다. 일로부터 한 발자국 떨어진 채 가만히 찌를 바라보며 온갖 상상을 했다. 초록마을이 잘되는 것부터 내가 기획한 상품이

초대박 나는 상상을 하곤 했다.

사위가 어두운 밤에 찌 불을 보고 있다가 상상 속에 빠진다. 상상에 빠져 있다가 깨는 순간은 두 경우. 찌가 올라오거나 아님 풀리지 않던 문제의 실마리가 찌처럼 올라올 때다. 둘 다 자주 있는 일은 아니지만 일단 발생하면 대박이다. 붕어는 월척이고, 기획한 상품은 대박은 아니더라도 중박 이상 성공을 맛봤다.

몇 가지 상품이 그렇게 태어났는데 굴비를 소포장한 것이 대표적인 사례다. 명절에만 주로 팔리는 상품이 굴비였다. 추석, 설날 매출이 끝나면 평상시에는 제로에 가깝게 매출이 떨어졌다. 평소에도 팔린다면 협력사나 우리나 둘 다 좋을 듯싶었다. 포장을 줄이면 어떨까 하는 생각이 떠올랐지만 시장 반응은 시큰둥했다. 굴비는 누구한테 선물 받아서 먹는 음식으로 다들 알고 있었다. 하지만 선물용 굴비는 경제적인 여유가 있는 사람 외에는 잘 사지 않았다. 내 기획은 열 마리, 스무 마리 묶음이 아닌 선물용 큰 것을 두 마리로 진공 포장하는 것이었다.

시큰둥했던 초창기와 달리 점차로 반응이 보였다. 한 끼 먹기 위해 30~40만 원은 사용하지 않더라도 2~3만 원은 쓸 거라고 예상했다. 비싸다고 하는 사람들도 있었지만 그들을 타깃으로 삼은 상품이 아니었다. 한 끼를 먹더라도 돈 값어치를 선호하는 사람들을 위한 기획이었다.

나는 40년 넘게 낚시를 했다. 만약에 내 취미가 등산이었다면 아마도 산채나 버섯 박사가 되지 않았을까 싶다. 산도 계절을 느끼기에는 부족함이 없지만, 그런 일은 없을 것이다. 나는 여전히 물이 좋고, 산은 바라보는 대상으로 좋을 뿐이다. 송이버섯을 보러 안동의 산에 올랐다가 기겁을 한 이후로 더 확고해졌다. 산 주인장을 쫓아다니다가 숨 넘어가는 줄 알았다.

역시 산은 멀찍이 서서 바라봐야 제대로 보인다. 나에게 산은 타는 것이 아니라 바라봐야 하는 대상이다.

새로운 식재료로 맛을 그리는 희열의 순간

나는 팥빵을 무지 좋아한다. 초록마을에 근무할 때였다. 팥빵을 PB 상품으로 만들 때는 다른 상품보다 더 심혈을 기울였다. 우리 밀로 빵을 만드는 게 그때나 지금이나 쉽지 않다. 우리 밀이라는 게 국수나 과자는 그럭저럭 만들 수 있어도 빵은 다르다. 박력분을 사용하는 카스텔라나 건강 빵 정도는 그럭저럭 나왔지만, 강력분을 사용하는 식빵은 별로였다. 2003년까지만 해도 초록마을, 생협, 한살림, 올가 등등 모든 친환경 업체의 매대에 있는 빵은 똑같았다. 가격 차이만 있었을 뿐, 더불어식품에서 나오는 빵만 팔았다.

팥빵을 기획하고 자체 브랜드를 생산해 줄 수 있는 업체를 찾았다. 애타게 찾으면 우연을 가장한 필연이 찾아온다. 한 사람이 나를 찾아왔다. 우리 밀의 급식 업체에서 일하던 사람이었는데 자체 공급과 초록마을에 공급해 줄 생산 라인을 구축하겠다고 다짐했다. 아주 좋은 기회였다. 잘하면 우리만의 빵 라인을 구축할 수 있을 듯싶었다. "못 먹어도 고"를 외치고 싶었다.

걸리는 게 한 가지 있었다. 바로 더불어식품의 라면. 만일 내가 빵을 끊는다면 더불어식품 측의 반응은? 라면을 안 주면 어떡하지? 고민이었다. 고민도 잠시, 앞만 보고 가기로 했다.

같이 가기로 하고 빵 품질 기준에 대해 조건을 걸었다. 다른 곳과 확실하게 차별화하고 싶었지만 우리 밀은 어떻게 할 방법이 없었다. 그렇다면 부재료에서 차별화를 하지 않는 이상 승산이 없었다. 그래서 두 가지를 제안했다.

첫째는 우유 반죽. 그 당시 초록마을에서는 제주에서 우유를 받았다. 제주 우유로 빵 반죽하는 것이 첫 번째 조건이었고 두 번째는 팥소였다. 우리 밀로 빵을 만드는 곳에서는 공장에서 나온 팥소를 사용했다. 국내산 팥이었지만 맛이 없었다. 공장에서 나온 팥은 팥, 전분, 설탕으로 만들었다. 전분이 들어간 팥소는 깔끔한 맛이 사라지고 진득진득한 맛이 난다. 휴게소에서 사 먹는 호두과자를 생각하면 된다. 진득거리는 팥소 말이다. 다양한 빵이 있지만, 매출을 선도하는 빵은 따로 있다. 식빵은 우유 식빵이었고, 간식 빵은 단팥빵이 최고였다. 단팥빵을 잘 만들면 나머지 빵도 잘 팔릴 거라 예상했다.

작은 시장이지만 이 두 가지만 바뀌어도 우리 밀 빵 시장에서 괜찮은 성과를 낼 듯싶었고, 실제로 그렇게 됐다. 팥빵은 오랫동안 1등 상품 자리를 유지했다. 빵 매출 중에서 기본 이상을 하던 것이 몇 배가 되었다. 팥이 바뀌었다는 걸 고객이 먼저 알았다. 그뿐 아니라 팥을 감싸는 빵도 촉촉하고 부드러워진 걸 알았다. 빵만큼은 같은 회사에서 나온 것을 가격만 달리해서 파는 곳들과 완전히 다르다는 걸 고객들이 느낄 정도였다.

품질 차이가 나니 가격에 대한 클레임, 점주의 스트레스 또한 감소했다. 회비를 내는 조합원들이 툭툭 던지는 한두 마디에 점주들이 받는 스트레스가 대단했다. 한 달 혹은 1년 회비를 내는 곳과 초록마을은 가격 구조가 달랐다. 그걸 알면서도 던지는 "비싸네" 하는 말 한마디가 참으로 알미웠다.

내가 좋아했기에, 팥빵을 바꾸는 일은 다른 일보다 더 신경을 썼다. 상품 개발에서는 내가 그것을 얼마나 좋아하는지도 중요한 몫을 한다. 좋아하기 때문에 개선하고 싶어진다. 좋아하지 않으면 개선할 점을 모른다. 다른 곳들은 첨가물과 국내산이라는 것에만 신경을 썼다. 나는 국내산이라는 것만 보지 않고 맛을 봤다. 팥소가 왜 이렇게 진득거리는지. 불만을 느끼고 있었기에 변화를 줄 수 있었다.

팥 중에 예팥이라는 종이 있다. 예팥은 팥 알이 작다. 토종 팥의 일종으로 개량형 팥보다 알갱이가 작지만, 맛이 좋다. 팥소를 만들어 놓으면 흔히 보는 팥보다 구수하고 고소하다. 나도 방송 출연을 하면서 난생처음 예팥을 봤다. 식재료 전문가라고 해도 다 모른다. 하지만 모르면 배우고 또 배운다.

'팥으로 메주를 쑨다 해도 믿는다'는 속담이 있다. 잘 속는 사람을 빗대거나 아니면 거짓말도 믿을 수 있는 사람을 일컬을 때 흔히 쓴다. 그런데 실제로 팥으로 메주를 쑤고 된장을 담는 곳이 충청남도 홍성에 있다. 팥으로 쑨 청국장이나 된장찌개는 콩 된장과 달리 단맛이 있다.

방송 촬영 때 아이유 씨가 팥으로 만든 된장찌개를 진심으로 맛있게 먹었다. 물론 오롯이 팥으로만 쑤는 게 아니라 콩과 섞어 쓴다. 조선시대에도 콩이 흉년일 때 팥하고 섞어서 메주를 쑤었다는 기록이 있다. 콩은 단백질 함량이 높고, 팥은 탄수화물 함량이 높다. 팥을 넣고 만든 된장이 조금 더 단맛이 도는 이유다.

프로그램을 촬영하면서 알게 된 사실 하나가 팥에도 다양한 색이 있다는 것이었다. 진짜 이걸 몰랐다. 관심을 가질 생각도 없었다. 왜냐면 지금까지 봐왔던 팥은 전부 붉은색이었고, 팥을 이야기하는 모든 이들이 붉은색만 언급했기 때문이다. 이사 가서 귀신 쫓을 때 부엌이나 창고에 종지에 두었던 것이 붉은 팥. 동지에 먹는 팥도 다 붉었다. 콩도 푸른 콩이 있고 검은콩이 있듯 팥도 마찬가지다. 푸른 팥, 검은 팥 등이 다양하게 있다.

촬영을 마치고 올라오기 전에 예팥을 조금 샀다. 촬영 내내 한 가지 생각이 머릿속을 떠나지 않고 있었다. 저 팥으로 팥빙수를 하면 어떤 맛일까? 맛을 그려보았다. 궁금해서 미칠 것 같았다. 집으로 돌아와서 팥을 물에 하루 동안 불렸다가 설탕과 꿀을 넣고 조렸다.

딸아이와 함께 먹을 생각이었지만, 딸은 팥을 그다지

좋아하지 않는다. 통팥은 안 먹고 팥을 갈아 형태가 없는 것만 먹었다. 그래도 아빠가 한 거라고 맛은 봤다. 먹어보더니 가타부타 말이 없다. 좋아해야지 평가라도 할 것인데 '그닥' 수준인 팥에 대해 평가할 것이 없었던 것이다.

주문한 빙수가 왔다. 평소라면 팥을 추가한다. 하지만 만들어 놓은 팥이 떡하니 있기에 추가할 일이 없다. 빙수와 팥을 먹었더니, 촬영 내내 머릿속으로 그렸던 딱 그 맛이었다. 진득거림도, 몇 숟가락 먹으면 이내 질리게 하는 쨍한 단맛도 없었다. 단맛은 조용조용 팥의 맛을 받쳐주고 있었다. 팥의 고소함과 구수함을 보조만 하고 있었다.

빙수를 먹다 보니 찐빵을 만들어 보고 싶었고 팥빵도 만들어 보고 싶었다. 그래서 그렇게 했다. 궁금한 것은 해본다. 만들다가 실패하는 경우가 대부분이지만 실패 또한 과정 중에 하나. 실패든, 성공이든 쌓이는 것만큼 내 경험이 된다. 이런 경험은 어떤 식으로든 상품 개발에 도움이 된다. 단팥빵이나 찐빵은 만들다가 실패했다. 예전에 대학 다닐 때 제빵 동아리에서 4년 동안 빵을 만들었어도 안 되는 것은 안 되는 것이었다. 결국은 베이커리에 가서 모닝빵을 사 왔다. 빵을 반 가르고 잼 대신 팥소를 듬뿍 넣었다. 지금까지 먹었던 단팥빵 중에서 가장 맛있었다.

3년이 지난 근래에 태백 오일장 취재 갔다가 예팥을 사 왔다. 잡곡을 파는 할머니에게 예팥을 달라 하니 깜짝 놀란다. "젊은 사람이 예팥을 어찌 아누?" 이러면서 말이다. "다 아는 수가 있지요" 답하고는 한 되를 샀다. 그리고 집으로 돌아와 팥소를 만들었다. 단팥빵 만들 생각을 잠시 했다가 앙버터로 바꾸었다. 빵 대신 버터롤을 사 와서 앙버터를 만들었다. 몇 년 사이 단팥빵 대신 앙버터가 유행이다. 앉은뱅이 밀로 이것저것 만들고 있던 때라 팥소를 넣고 술빵도 만들었다. 내가 만들었지만 참 맛있었다. 만든 것을 처제와 장모님이 맛보시고는 팔라고 할 정도였다.

오래, 자주 운전하는 직업인지라 오십이 넘어가니 오른쪽 무릎이 좀 욱신거린다. 직업병이다. 무릎과 어깨가 결려도 출장 가는 길이 좋다. 물론 지겹고 싫을 때도 있지만 좋을 때가 많다. 새로운 식재료를 보고 맛을 그리는 과정이 너무 좋다. 새로운 식재료를 보고 맛을 그릴 때, 가장 행복하다. 내가 봐도 식품 MD가 천직이다.

MD를 움직이게 하는 힘

2004년까지 초록마을엔 과자 종류가 많지 않았다. 과자를 공급하는 곳은 두 곳, 더불어식품과 (주)우리밀이 전부였다. 빵 공급하는 곳도 더불어식품뿐이었다. 친환경 매장이 이름은 달라도 과자, 빵은 다 똑같았다. '곰돌이', '햇살콘'에 더불어식품에서 나온 뻥튀기 과자들이었다. 쿠키조차도 더불어식품에서 납품했다.

그 당시 더불어식품은 소스와 어묵에 이어 라면까지 공급하는 종합식품회사였다. 더불어식품 덕(?)에 여기서 사나 저기서 사나 별 차이가 없었다. 이는 거꾸로 말하자면 차별화 포인트가 되는 지점이었다.

유통하는 이들이라면 언제나 듣고 말하는 단어가 '차별화'다. 회의 자료 뽑을 때마다 사용하는 단어다. MD는 평생 저놈의 차별화를 찾아 매주 헤맨다. 남들과 다른 무엇을 찾기 위해서다. 과자의 다각화, 초장기 후발 주자인 초록마을에 필요한 아이템이자 차별화 포인트였다. 어떻게 할까 고민했다. 무엇을 만들까도 함께.

그런데 우연히 담배 한 대 피우는 자리에서 답이 보였다. 사실 '우연히' 시작되는 것도 생각의 축적이 있었기에 가능하다. 고민이 쌓이고 쌓였을 때 누군가가 툭 건드리면 봇물 터지듯 터져 나오는 것이다.

햇살 좋은 봄날에 방아쇠가 돼줄 사람이 찾아왔다. 정정훈이었다. 이 친구는 한과 업체에 다니다가 퇴사했다. 나를 찾아온 목적은 진로 상담. 앞으로 무엇을 해서 먹고살지에 대한 고민을 털어놓으러 왔기에 담배 한 대 피우면서 이야기를 나눴다.

"형님, 나 먹고살 아이템 좀 줘요."

"아이템? 흠…… 그럼 광주 내려가면 검은콩을 볶아서 가져와. 소금만 아주 조금 치고."

"그게 될까요? 딴 거 좀 신박한 거 없어요?"

"잔말 말고 가져와."

두어 달 뒤에 상품을 들고 왔다. 그 사이 회사를 차리고 '산들촌'이라 이름을 지었다. 품목 허가까지 받은 검은콩 볶음이었다. 그냥 콩을 커다란 통에 넣고 볶았다. 별것 아니지만, 누구도 만들지 않았던 상품이었다. 하지만 필요한 상품이었다. 검은색 식재료가 흰머리를 검게 만든다는 '썰'이 지금까지 돌고 있는데, 그즈음 시작됐다.

집에서 콩 볶기는 쉽지 않다. 볶을 수는 있어도 골고루 되지 않는다. 어떤 것은 타고 어떤 것은 설익는다. 자동으로 통이 돌아가는 곳에 넣고 볶아야 한다. 상품 출시하고 얼마 지나지 않아 그 친구가 또 찾아왔다.

"형님 덕에 회사가 자릴 잡았네요. 또 다른 아이템 좀 주세요. 형님 하라고 하면 다 하겠습니다"

볶은 콩 제품이 제법 나갔다고 했다. 나야 담당한테 연결해 주면 그만이니 그 아이템이 얼마나 나가는지도 몰랐다. 게다가 초록마을뿐만 아니라 여러 곳에 납품까지 하고 있었다. 담배 피우면서 이런저런 잡소리를 하다가 문득 '새우깡'이 떠올랐다.

가만히 생각해 보니 할인점에서 팔던 노래방의 새우깡은 제조사가 '농심'이 아니었던 기억이 났다. 새우깡이 아니고 '새우과자'였다. 농심이 상표권을 가지고 있기에 에

둘러 '새우과자'라 한 것이다. 정 사장한테 할인점의 새우과자를 살펴보고 우리 밀로 만들어 오라고 했다.

"형님, 그게 될까요?"

"저번에도 그리 물었다!"

"네, 형님이 시키면 해야죠."

마침 새우과자 만드는 업체가 광주에 있었다. 그 식품업체 사장과 담판 짓고는 새우과자를 만들어 왔다. 옥수수과자도 같이 말이다. 만드는 법이 궁금해 직접 공장을 찾아가 봤다. 새우과자는 반죽한 것을 소금이 든 가마 비슷한 것에 넣어 구웠다. 반죽한 것을 넣으면 잠시 후에 뜨끈뜨끈한 새우과자가 쏟아져 나왔다. 방금 한 음식은 맛있다. 새우과자도 마찬가지다. 솔솔 나는 새우 향이 기가 막혔다. 농심 다니는 친구 말로는 라면도 라인에서 갓 나온 것이 맛있다고 한다. 하긴, 유탕 처리한 것은 시간이 지나면서 산패가 일어날 것이다. 생라면도 유통기한에 따라 어떤 것은 아무 맛도 없고 눅눅한 것이 있는가 하면, 바삭한 것도 있다. 막 나온 것이라면 그런 염려가 없을 것이다.

재료에는 새우 살이 들어가지 않는다. 국내에서 새우 살 가공하고 남은 껍데기와 수염을 간 거다. 국내산 새우

몇 퍼센트 함유, 이래봤자 껍데기와 수염 함량이다.

새우과자는 기록적인 매출액을 기록했다. 마른 논에 물 붓듯 매장에 깔리기 무섭게 팔려나갔다. 경쟁 업체에서 입점 요청이 빗발쳤지만 정 사장은 꿈쩍하지 않았다. 의리 때문이었다. 그러다 몇 개월 지난 후에 찾아왔다. 품새를 보니 생협에 납품하는 걸 협의했으면 하는 눈치였다.

"납품해. 우리만으로 공장에서 생산한 거 다 못 팔잖아. 대신 가격은 엇비슷하게 해. 말 나오면 설명하기 귀찮아."

며칠 뒤, 부장이 나를 불렀다.

"야, 산들촌 뭐냐. 애써 키웠더니만 생협에 납품하면 안 되지!"

"부장님, 한 가지만 약속해 주시면 제 이름 걸고 막을게요."

"뭔데?"

"산들촌 1회 생산량 5만 봉(정확한 기억은 아니다) 사준다고 하면, 아니 50퍼센트만 사준다고 하면 생협에 납품하는 거 막을게요."

"아니…… 뭐 의리 없이 그러면 안 된다고 얘기한 건데, 너 뭐 또 그렇게까지 반응하냐!"

시장에 없던 새우과자를 만들고, 그 사이 우리 밀 빵 브랜드도 하나 출시했다. 경쟁 업체와는 제과제빵 제품군이 달라졌다. 우리 밀로 만든 새우과자가 성공한 걸 보고 (주)우리밀에서 찾아와 아이템 관련해서 이야기를 나누었다. 나는 '짱구과자'를 이야기해 주면서 덧붙였다. 저쪽(수입 밀)에서 잘나가는 상품을 이쪽에서 만들어야 한다. 새우과자도 보면 이쪽 시장에서 고객의 니즈에 부응한 것이다.

다른 한편으로는 한과 소포장과 전에 론칭했던 쌀과자까지 추가했다. 한과를 왜 명절에만 먹는지에 대한 해결책이었다. 너무 크게 포장되어 있어서 평소에 안 사 먹는다가 답이었다. 포장을 작게 만들면 사 먹겠다 싶었다. 산들촌 과자를 생협에 납품하는 시기에 맞추어 다른 카드를 준비했다.

우리 밀 시장에 없는 상품 개발, 바로 '크래커'를 만들기로 했다. 과자 전문 생산업체인 '청우'에 찾아가서 전후 사정을 설명했다. 공장, 연구소 사람들하고도 협의를 거쳐 최초의 우리 밀 크래커 '비밀'을 만들었다. 우리 밀이 살아남으려면 다양한 상품이 나와야 한다는 생각에서였다. 모닝빵이나 식빵 그리고 딸기잼 매출이 제법 있었는데 아무것도 없이 크래커를 만들어 내면 대박일 듯싶었다. 기대를 안고 출시했지만, 대박은 아니었다. 중간 정도의 성공. 나중에 '우리밀농협'에서 비슷한 것도 나왔다.

산들촌은 잘나갔다. 산들촌만 그랬다. 회사를 창업한 정 사장은 암으로 일찍 세상을 등졌다. 무덤이 담양 근처 곡성군 옥과면에 있다. 10년 가까이, 지나는 길이면 가서 소주 한잔 따라주곤 했다. 지금은 지나가면서 무덤 쪽을 바라보며 눈인사만 할 때도 있다. 산들촌은 다른 이가 인수하여 여전히 운영하고 있다.

그다음으로 나왔던 것이 국내산 재료로만 만든 양갱. '천하장사'와 같은 어육소시지에 색소와 첨가물을 뺀 것도 출시했다. 아마도 색소 없는 어육소시지의 출시는 초록마을과 산들촌에서 시작했을 것이다. 그전에는 이런 상품이 없었다.

참으로 재밌는 시절이었다. 젊기도 했지만, 무언가를 만든다는 것에 흥이 났다. 지금도 그 재미를 느끼고 있다. 마른멸치에서 건조 과정을 빼기도 하고, 자연 건조한 쌀도 기획하고 말이다. 내년에는 토종 고추와 배추로 김치도 기획하고 있다. MD라는 직업, 참으로 좋다.

내가 2004년부터 과자를 열심히 만든 이유는 차별화 말고 하나 더 있다. 딸아이가 두 살 되던 해다. 아이에게 줄 맛있는 과자를 만들고 싶었다. 두 가지의 필요가 나를 움직였고, 다른 이를 움직이게 했다. 고객의 니즈와 딸아이에게 과자를 만들어 주고 싶은 마음, 두 가지가 원동력이었다.

어쨌든 출장 간다

눈앞이 캄캄해졌다. 경험한 시간은 찰나였지만 35년 인생 단막극 한 편이 방영되고도 미래 걱정까지 이어졌다. 교통사고 이야기다. 2005년, 겨울과 봄 사이였다. 평소처럼 산지에서 아침을 맞기 위해 집을 나섰다. 전국 어디든 아침 9시부터 업무를 개시했다. 제주에 가야 하면 첫 비행기를 타고 갔다.

집을 나서다가 주머니를 뒤지기 시작했다. 카메라 챙겼나? 지갑은? 핸드폰은? 다 있었다. 그래도 무엇인가 잡아당기는 듯한 느낌이 평소와 매우 달랐다. 뭔가 놓치고 오는 날은 나갈 때 왠지 찜찜함이 가득하다.

평소에도 잘 잊고 다녔다. 작업하던 컴퓨터에 그대로 꽂혀 있는 메모리 카드, 산지에서 찍을 때 깜빡이고 있는 메시지, "No meomory card". 저장할 수 없는 카메라를 들고 멍 때리곤 했다. 현장에 가서야 비로소 깨닫는다. 참 난감하다. 지금이야 메모리카드를 어디서든 살 수 있지만 그 당시는 살 곳이 마땅치 않았다. 게다가 내가 가는 곳은 대부분이 시골인지라 그냥 눈으로만 보고 온 적도 많았다.

암튼, 그날은 이상했다. 새벽녘 집을 나서는 나를 가지 말라고 내가 붙들고 있었다. 무엇인가 두고 온 것이 확실하지만 딱히 생각나는 게 없었다. 찜찜함을 떨쳐내고 길을 나섰다.

출발하고는 고속도로를 타기 위해 서부간선도로를 탔다. 새벽 여명이 밝아올 즈음이었다. 도로에 차들이 있었지만 막힐 정도는 아니었다. 새벽 출장의 장점이 길 막힘을 피할 수 있다는 것이다. 출근 시간하고 겹치면 서울만 빠져나가는 데 심할 경우 두 시간 이상 걸릴 때가 많다. 서울 양천구에서 30~40킬로미터 떨어진 수원이나 구리 외곽까지 말이다. 평소라면 서부간선도로를 타면서 엄청나게 달렸을 것이다.

과속을 운전 잘하는 거라 여길 때였다. 칼치기도, 앞차에 바짝 들이미는 짓도 지금은 하지 않지만 그때는 그랬다. 하지만 그날은 달랐다. 보통 시속 110킬로미터로 달리는 서해안고속도로, 40~50킬로미터 더 속도를 낼 때도 많은데 그날은 정속 주행했다. 왠지 속력을 내기가 싫었다. 정속 주행을 하다가 화물차를 추월할 때만 잠깐 1차선으로 들어갔다. 평소보다 얌전하게 평택 JC까지 갔다. 가는 동안 차 한 대가 계속 거슬렸다. 검은색 테라칸, 평소의 나를 보는 듯한 모습이었다. 과속했다가 앞차 뒤꽁무니에서 이러지도 저러지도 못하곤 했다.

차가 아예 없다면 과속한 만큼 빨리 갈 수 있다. 눈앞에 차가 열 대 이상 보인다면 과속은 거기서 거기다. 내 속도로 일정하게 갈 수가 없다. 가다가 막힌다. 앞차로 인해 브레이크 밟는 순간 과속한 시간은 날아간다. 고속도로에서 운전해 본 사람이라면 안다.

여명이 밝아오면서 차가 많아졌다. 검은색 테라칸이 달린다. 가든 말든 나는 내 속도대로 갔다. 추월하겠다고 1차선에서 3차선으로 가서 달리던 테라칸이 화물차 뒤에서 이러지도 저러지도 못하고 있다. 이런 장면이 몇 번 반복됐다. 2차선에서 나는 3차선의 테라칸을 몇 번 지나쳤다.

화물차 뒤에서 겨우 빠져나온 테라칸은 속도를 내고는 나를 앞질러 나갔다. 잠시 후, 평택 나들목 근처에서 또 앞차에 막혀 있는 테라칸을 보면서 평택-제천 고속도로로 올라탔다. 뒤를 봤더니 내 뒤에는 아무도 없었다. 대신 앞에는 1차선 흰색 승용차와 2차선 1톤 화물차가 나란히 가고 있었다. 마치 손잡고 가는 듯한 착각이 들 정도로 나란했다. 속도는 대략 90킬로미터 정도. 3차선으로 추월하려고 했지만 이 또한 불법이다. 추월은 우측 차선으로만 가능하다. 알면서도 둘 사이가 너무 좋아 보여 틈이 없었다. 가속하면서 깜빡이를 넣고 차선을 옮겼다. 평소대로 오른쪽으로 고개를 돌리면서 핸들을 꺾었다. 뒤쪽에서 검은색 물체가 보였다. 방금 전, 분명 뒤에 아무도 없었는데 어디선가 그 테라칸이 나타났다. 핸들을 다시 꺾지 말고 그 상태로 두어야 했지만 놀란 가슴에 그만 반대쪽으로 꺾었다.

드라마 속에서 주인공이 사고를 겪고 죽는 순간 어릴 때 모습이며, 사랑하는 사람, 부모형제 등등 모든 이들이 떠오른다. 실제로 겪어보니 사실이었다. 차는 내가 컨트롤할 수 있는 상황이 아니었다. 핸들이 전혀 말을 듣지 않았다. 차가 제멋대로 움직이다가 크게 원을 그리듯 3차선에서 2차선으로 들어갔다. 2차선의 화물차 옆구리가 눈에 점점 다가왔다.

그 순간 딸아이가 생각났다. 아빠 없이 어찌 살아갈까 걱정이 앞섰다. 아내에 대한 걱정은 사실 그보다 덜했다. 마음이야 안 그렇지만 나 없이도 잘 살아갈 사람이라 안심이 됐다. 아버지, 엄마는? 한창 커가는 회사는 어쩌지? 찰나에 모든 것이 지나갔다.

충돌 직전에 떠오른 단순한 생각이 나를 살렸다. 혹시라도 살아난다면…… 일단 머리를 보호해야겠다는 생각이 들었다. 충돌 직전 핸들을 놓고 두 손으로 머리를 감쌌다. 핸들에서 손을 뗀 행동이 '신의 한 수'였다. 핸들을 잡고 있었으면 충돌 순간의 힘이 나에게 전달되었을 것이다. 옆구리를 받힌 화물차는 그대로 옆으로 쓰러진 채로 갓길 가드레일에 박혔다. 내 차는 몇 바퀴 돌고는 쓰러진 화물차 위에 얹혔다. 지우개 따먹기 할 때 살짝 걸치듯 말이다.

얼마의 시간이 흘렀는지는 모른다. 어디선가 욕설이 쏟아졌다. 눈을 떴다. 쓰러진 화물차 기사가 차 위에 서서 나에게 내뱉는 소리였다. 비스듬히 쓰러진 차에서 내렸다. 일단 기사에게 다가가 괜찮은지, 다친 데는 없는지

묻고는 이래저래 나 자신을 살폈다. 말짱했다. 왼손 중지가 아주 조금 까진 거 빼고는 다친 곳이 없었다. 천만다행으로 화물차 기사도 다친 곳이 없었다. 119에 전화를 걸고 기다렸다.

레커차, 119 구급차, 경찰차 순으로 도착했다. 119 구급대원이 와서는 차 안을 이리저리 살펴보다가 물었다. 다친 사람은 어디 있냐고 말이다. 내가 화물차 기사와 나를 가리키면서 둘이라고 했더니 놀란다. 차 상태로 봐서는 중상인데 둘 다 너무 멀쩡하다는 것이었다. 병원까지 안 가도 될 상태이긴 하지만 출동했으니 이송은 해야 한다고 했다. 근처 병원에 가서 엑스레이를 촬영하고 검진해 봐도 부러진 곳이 없었다. 나중에 CT 촬영도 했지만 마찬가지였다.

아내와 처제가 병원을 찾아왔다. 사람이 멀쩡해 보이니 환하게 웃더니만 차 끌려 간 곳에 갔을 땐 사색이 됐다. 차는 폐차시켰다. 한동안 출장길에 청북 IC 근처에 가면 안전벨트 닿은 어깨 부분이 욱신거렸다. 몇 년은 그럴 듯싶었다.

그다음부터 운전이 얌전해졌다. 깜빡이를 켜고 시간을 잠시 둔다. 그리고 고개를 돌려 재차 확인한 후 들어간다.

고속도로 주행 중에 나도 모르게 옛날처럼 과속할 때가 있다. 그때는 액셀러레이터를 밟고 있는 발의 힘을 뺀다. 속도가 준다. 고속도로 주행할 때 브레이크로 속도 조절하는 것은 하수다. 중수 이상이라면 차간 거리를 두고 액셀러레이터의 힘을 빼는 것만으로도 어느 정도까지는 가능하다.

나는 여전히 출장길에 나선다. 누적 거리가 대충 따져봐도 100만 킬로미터 정도는 될 듯싶다. 제주는 70~80번 정도 갔다. 매주 전국으로 길을 나섰다. 새로 SUV를 구입해서 5년 만에 33만 킬로미터를 타고 팔았다. 나에게 차를 팔았던 딜러에게 내가 그 차를 팔았다. 딜러는 차 운행거리를 보더니 택시기사 바로 아래 단계라고 했다. 지금 타는 차도 아내한테 10만 킬로미터에 넘겨받아서 35만을 넘기고 있다. 이 차는 40만 킬로미터까지만 탈 생각이다.

내가 전국을 다니는 이유는 간단하다. 현장에 답이 있기 때문이다. MD가 현장을 떠나서는 가격 흥정꾼밖에는 안 된다. 제시 받은 가격만 놓고 싸니 비싸니 하고는 만다. 현장에 가야 속 내용을 볼 수 있다. 모든 제품을 볼 수는 없겠지만, 현장의 분위기 파악은 가능하다. 현장의 목소리와 내 목소리가 공명한다. 수화기 너머에서 따로 놀던 목소리가 내 소리에 반응하고 내 소리 또한 상대방 목소리에 반응한다. 현장을 모르면 느끼지 못할 현장감이다. 그래서 간다. 현장에 답이 있고 거기에 사람이 있기 때문에. 언제까지 계속될지 모르겠지만, 나는 내일도 출장 간다.

고기도, 사람도
숙성하면 달라진다

고기 숙성에 대해 왜 관심을 가졌는지는 잊었다. 2012년부터 블로그에 숙성과 관련한 글을 쓰기 시작했다. 그 무렵은 맞는데 계기가 생각나지 않는다. 아마도 경기도 광주에서 한우를 먹고 나서부터가 아닌가 싶다. 집에서 고기 숙성을 해봤다. 숙성 테스트라고 해봐야 별것 없었다. 진공 포장한 고기를 김치냉장고에 두고 시일에 따라 꺼내 맛보는 것이 전부다. 안 하는 것보다는 해보는 것이 훨씬 낫기에 몇 번을 그렇게 했다. 그것을 바탕으로 상품 기획까지 한 것은 확실히 기억난다.

블로그 글을 보니 숙성 기간이 15일, 17일, 29일, 50

일, 70일까지 다양했다. 그러는 사이 업체에 별도로 요청해 숙성육 샘플을 받아들고 굽고, 끓였다. 숙성육이 앞으로 대세가 될 듯싶었다. 확신을 가지고 경상북도 고령에 있는 업체와 상품 진행을 했다. 17일 숙성한 것과 30일 숙성한 것 두 가지 상품이었다. 결과는 참담한 실패. 남들은 그러려니 했는데, 나만 다급했다.

쿠팡에서 근무할 때 호주산 고기를 판매한 적이 있다. 인천에 있는 업체였는데 양고기도 같이 하는 곳이었다. 그곳에 부탁해서 진공 포장한 250그램 설도 몇 팩을 받았다. '설도'는 소 엉덩이 쪽에 있는 부위로 외국에서는 스테이크용으로 사용하지만 우리는 불고기나 국거리로 사용했다. 김치냉장고와 일반 냉장고 두 대가 집에 있었는데 김치냉장고 한 층을 아예 비워버리고는 고기를 넣었다. 이른바 습식wet 숙성이다.

고기 숙성은 건식dry 숙성과 습식 숙성 두 가지 방식이 있다. 건식을 하다가 습식 하는 경우도 있다. 습식은 고기에 진공 포장을 해서 냉장과 냉동 사이에서 보관하는 방식이다. 저온과 산소 차단으로 미생물의 번식을 막거나 지연시킨다. 냉장 온도에서도 미생물은 번식한다. 다만 상온에 있을 때보다는 번식이 현저하게 느리다. 그래서 냉장고에 음식을 두면 쉬이 변하지 않지만, 영원한 것은 아니다. 그렇기에 여름철에 먹으려고 하는 식품은 필히 확인해야 한다.

습식 숙성은 김치냉장고가 있으면 집에서도 충분히 할 수 있다. 우선 진공 포장한 고기가 있어야 한다. 잘게 자른 고기는 안 된다. 손질하는 사이 미생물에 오염될 수 있기 때문이다. 스테이크로 쓸 덩어리 고기가 좋다. 앞서 이야기한 것처럼 250그램 내외로 소포장한 것이 딱 좋다.

김치냉장고에 몇 개 넣어두면 든든할 것이다. 보름이 지나면서 생각날 때마다 하나씩 꺼내 먹는 재미가 있다. 한창 테스트할 때 불고기 만든다고 칼로 자르다가 그 향에 취하곤 했다. 숙성이 잘되면 향기로운 치즈 향이나 요구르트 향이 난다.

자른 고기를 소금만 찍어 먹었다. 거의 40일 정도 숙성한 고기였다. 내일 아침 배가 아프면 어떡하지? 괜찮다. 미생물은 고기의 표면에서만 자란다. 속까지 침투하지 못한다. 겉에 있다 한들 해를 입힐 정도의 숫자가 아니기에 괜찮다. 집에서 숙성할 때 진공이 풀렸다면 빨리 먹거나 버려야 한다. 진공이 풀리는 것은 미생물이 활발히 활동하고 있다는 증거다. 미생물이 활동하면 가스가 발생하는데 포장지를 열어 이상한 냄새가 난다면 또한 버려야 한다. 그렇지 않으면 상관없다.

소금만 찍어 먹었는데 "우와" 소리가 절로 났다. 생고기 먹을 때 잘 익은 치즈를 얹어서 먹는 맛이었다. 한 점만 먹으려고 했다가 몇 점 더 먹어서 새로 한 팩을 꺼냈다. 수시로 숙성하면서 불고기로, 국거리로, 때로는 스테이크로 요리해 먹었다.

숙성한 고기에는 신선한 고기에 없는 향이 있다. 마블링이 없는 설도로 스테이크를 해도 전혀 질기지 않다. 사실 마블링이 없으면 질기다고 생각하지만 그건 착각이다. 소고기에는 약 15퍼센트의 지방이 있다. 드러나서 예쁘게 자리 잡고 있으면 등급이 높고 뭉쳐 있으면 등급이 낮다. 등급 판정의 중요한 기준이다. 등급이 낮다고 해서 지방이 없는 것은 아니다. 근육 속에 숨어 있다가 열을 만나면 존재를 드러낸다. 눈에 보이지 않는다고 없는 것은 아니다.

마블링이 눈을 지배한다면 숙성은 코를 지배한다. 음식은 향으로 먼저 먹는다. 포장을 뜯을 때 나는 향은 기가 막히다. 습식 숙성과 달리 건식 숙성은 별도의 복잡한 시설이 필요하다. 즉 냉장고에 바람을 불어넣어 줄 송풍 장치가 필요하다. 0~-4도 온도에서 고기에 바람을 불어넣으면 고기 표면이 서서히 말라가면서 겉이 거무튀튀해진다. 냉동 온도인지라 미생물이 자랄 수 없다. 게다가 표면을 바람으로 건조하니 미생물이 더더욱 자랄 수 없는 환경이 된다. 곰팡이나 세균은 적당한 온도와 수분이 있어야 자란다.

한편 건식은 적당함을 제거한다. 건식이 습식보다 향이 더 좋다. 산소가 공급되는 환경이라 호기성균(산소가 있는 곳에서 정상적으로 자라는 세균)이 활동해서 그런 듯싶다. 대신 가격이 비싸다. 일단 손실이 많다. 건조시키다 보니 수분이 공기 중으로 날아가는데 무게가 빠진 만큼 돈이 빠진다. 원래 100그램에 만 원 하는 고기가 수분이 10퍼센트 날아가 90그램이 되면 90그램에 만 원 하는 고기가 된다. 건식은 고기 표면이 까맣게 변하는데 손질하면서 표면을 정리하다 보면 3~5그램이 빠진다. 87그램에 만 원짜리 고기가 된다. 여기에 시설비까지 고려하면 원래 고기보다 비싸진다. 대충 30퍼센트 이상 비싸진다고 보면 된다. 건식 숙성했다고 가격이 엄청나지는 이유다.

건식과 습식 두 가지 중에서 무엇이 더 낫다고 이야기

하기가 어렵다. 솔직히 말하면 나는 습식이 괜찮다고 생각한다. 건식으로 하면 습식보다 씹는 맛이나 감칠맛이 증가한다. 그것을 혀와 이로 확실하게 구분할 수 있는 사람이 별로 없다는 게 내 생각이다. 둘의 맛의 차이는 소스로 충분히 커버할 수 있는 정도다.

백화점이나 할인점에 건식 숙성 코너가 있으면 그냥 쳐다만 보라. 그리고 숙성하지 않은 고기를 덩어리째로 사서 진공 포장을 하라. 그게 남는 장사다.

암튼 이런저런 과정을 거쳐 상품을 출시했다. 상품 기획은 이랬다. 등급이 낮은 것, 그래야 적당한 가격이 나온다. 투 플러스 고기를 숙성하면 "헉" 소리 절로 나는 가격이 나온다. 마블링 좋은 것을 숙성하는 것은 과유불급이다. 숙성은 17일과 30일 두 가지, 그래야 17일 지난 것을 다른 가격으로 판매할 수 있다. 이 두 가지를 원칙으로 했다.

2등급 한우를 잡아 시작했지만, 반응은 미지근하다 못해 냉랭했고 기획은 망했다. 용기를 낸 사람들 몇몇이 구매했고 후기도 잘 올라왔지만 딱 거기까지였다. 쿠팡 첫 페이지에다 판촉까지 했는데……. 쿠팡 첫 페이지에 노출이 된다는 것은 대단한 일이다. 마케팅팀에 찾아가서 열심히 홍보도 하고 많이 알릴 수 있도록 힘도 썼다. 그래도 반응은 미지근. 결국은 나의 퇴사와 함께 상품도 사라졌다. 너무 빨랐다. 시작도 빨랐고, 포기도 빨랐다. 그때부터 지금까지 숙성육을 계속했다면 아마도 일가를 이루지 않았을까 싶다.

숙성 이야기지만 사실은 이 이야기를 하고 싶어서 고기부터 끄집어냈다.

식품 담당은 요리하는 것을 좋아한다. 나야 취사병부터 시작했기에 요리하는 것에 대한 두려움이 없다. 집에서 숙성하고 요리하는 것이 자연스럽다. 집에서 요리하지 않는 사람들이 하는 이야기는 똑같다. 보통은 해보지 않고 못한다고 한다. 해봐야 무엇을 못하는지 안다.

요새 유튜브를 시작했다. 한 8개월 지났나? 일주일에 하나씩 동영상을 올리고 있다. 처음에 편집할 때는 사나흘 걸렸다. 그러던 것이 지금은 반나절이다. 하면 는다. 잘하고 못하고는 신에게 받은 능력 차이다. 어느 정도는 다들 할 줄 안다. 안 했을 뿐이다. 나는 용불용설用不用說을 신봉한다. 쓰면 능력이 늘 것이고 아니면 퇴화할 것이다. 요리를 하면 실패할 때도 있다. 하지만 실패도 성공하기 위한 과정이다.

요리를 하다 보면 음식 보는 관점이 달라지고 종국에는 상품을 기획하는 생각이 달라진다. 가격보다는 맛을 우선하는 순간 MD는 성장한다. 식품 MD만 해당하는 것은 아니다. 삶에서 능력자를 이기는 것은 꾸준함이다. 무엇인가를 꾸준히 한다고 해서 금방 알게 되는 건 아니다. 시간을 쌓고 쌓아야 달라진 걸 깨닫는다.

벌써 이 일에 들어선 지 27년 차다. 1년 차의 나를 돌아보면 참 멍청했구나 하는 생각이 든다. 일은 꾸준히 했지만 나를 위해 꾸준히 한 것은 없었다. 따지고 보면 한 가지는 꾸준했다. 여전히 멍청하게 나를 위한 것을 하고 있지 않다. 꾸준히 할 것을 찾아야겠다. 더 나이 들어갈 나를 위해서 말이다.

향으로 먹는 음식,
향으로 남는 사람

"마진 조정…… 힘들겠습니까?"

수화기 너머에서 한숨이 들렸다. 완도행을 결심하고, 내일 찾아뵙겠다고는 끊었다. 완도에서 김을 공급하는 업체 사장님과의 통화였다. 업체에서 주는 총 마진이 12~14퍼센트 정도였던 것으로 기억하고 있다. 가맹점 챙겨주면 본사는 역마진이 나는 상황이었다.

동김, 겨울 끄트머리에 나오는 김과 말발(지주식) 돌김을 공급받고 있었다. 동김은 완도 중매인 사이에서는 잡김으로 취급하는 녀석이다. 김을 어느 정도 수확한 다음에 바다를 떠돌던 김 포자가 붙어 다시 자란 김이다. 여러 가지 김의 중합체로 모양이 좋지 않으나 향만큼은 끝내줬다. 맛이 좋으면 그만이지만 생김새 때문에 잡김 취급이었다.

2003년에는 모양을 중시했다. 여전히 김은 잡티가 없어야 되고, 윤기가 흘러야 했다. 두 가지 이유로 사람들은 바다에 염산을 뿌렸다(원래는 초산이라든지 유기산을 뿌려야 한다). 바다에 산을 뿌리면 파래 등 잡것이 붙지 않는다. 좀 더 빛깔이 좋은 김을 생산하기 위해 어떤 사람들은 바다에 염산을 뿌렸다. 염산을 뿌린 김은 잡티가 붙지 않는다. 둥글둥글한 모양을 만들려고 과일에 농약을 뿌리듯 바다에 염산을 뿌리던 시절이었다. 소비자들도 그게 당연하다고 여겼다.

그것을 부추긴 것은 티브이에 나오는 전문가들이었다. 좋은 김 고르는 방법을 설명할 때 잡티가 없고, 광택이 흐르는 것을 고르라 설명하니 다들 잡티가 있으면 안 좋은 것으로 알았다. 사실 잡티가 있는 김이야말로 자연산이라 할 수 있는데도 말이다. 김을 양식하는 방식에는 부유식과 지주식, 두 가지가 있는데 부유식으로 생산하는 김에 염산을 뿌렸다. 자라는 동안 계속 물속에 있다 보니 생산성은 좋지만 잡티가 붙었다. 부유식은 생산성이 좋아 어민들이 좋아했다. 김이 하루 종일 물속에 있으니 성장이 좋을 수밖에 없었다.

반면 지주식은 바다에 말뚝을 박고 김밥을 연결해 키우는 방식으로 물이 빠지면 성장을 멈췄다. 원래 갯바위에 붙어 자라던 김의 습성과 같았다. 물이 빠지면 잠시 성장을 멈추고 광합성을 했다. 햇빛과 바람으로 자라기에 김은 더디 자라도 향만큼은 끝내줬다. 물이 빠지는 지주식에서는 염산을 쓸 일이 없었다.

열 시간을 운전해서 완도 읍내에 도착했다. 지금이야 서울에서 여섯 시간 안에 갈 수 있지만 그때는 길이 좋지 못했다. 목포까지 가서 편도 1차선의 도로를 따라 영암, 해남을 거쳐 완도로 가야 했다. 서울에서 목포까지, 목포에서 완도까지 소요 시간이 비슷했다. 점심때쯤 도착하겠다고 이야기를 드리고 출발했다. 그 시간을 맞추기 위해 새벽 2시에 출발했다.

그런데 사장님이 약속을 까먹고는 외지로 나가버렸다. 황당함을 넘어 화까지 났다. 두어 시간 있으면 돌아가니 기다려 달라고 했지만 거절하고 서울로 돌아왔다. 열 시간을 다시 운전하면서 고민을 시작했다. 동김이나 돌김을 대체할 방법을 찾아야 했다. 적절한 마진에 고품질의 상품을 줄 수 있는 곳을 찾기 시작했다.

초록마을 거래 업체 중에서 건어물을 공급하는 곳에 전후 사정을 이야기하고는 부탁을 드렸다. 맛있는 김을 찾고 있으니 구해달라고 말이다. 여름이 끝나가고 있을 즈음이었다. 겨울이 시작될 때 그 업체에서 김을 하나 들고 찾아왔다. 아무 말 없이 내미는 김을 잘라 입에 넣었다.

좋은 김은 입에 넣으면 침에 바로 녹는다. 입천장에 달라붙지 않는다. 붙더라도 이내 떨어진다. 김이 침에 녹으면서 가지고 있던 단맛과 향을 내뿜기 시작했다. 향이 너무도 좋았다. 입안을 맴돌던 김 향이 콧속을 마구 헤집고 다녔다. 다시 김을 맛보고 또 맛봤다. "와, 우와, 이야."

몇 번을 한 다음 그제야 무슨 김인지 물었다.

"무슨 김이 이따위예요. 왜 이렇게 맛이 좋아요?"

"곱창김이라고 들어보셨나?"

"곱창김?"

"김이 곱창처럼 길게 자란다고 해서 곱창김입니다. 정식 명칭은 잇바디 돌김입니다."

묻지도 따지지 않고 그 자리에서 매입을 결정했다. 상품을 입점하고 발주가 나오길 기다렸다. 발주는 거의 없었다. 신상품이 나오면 가맹점주들은 살짝 눈치를 본다. 장사가 잘되거나 잘 운영하는 몇몇 지점에서만 발주가 왔다. 게다가 이름도 이상한 곱창김. 발주가 다른 상품보다도 적었다.

전국에 있는 가맹점주들에게 일일이 전화를 돌리진 않았다. 그럴 시간도 없거니와 그럴 필요도 없었다. 지역별로 가맹점주 모임이 있다. 모임 중에서 대장 역할을 하거나 장사가 가장 잘되는 지점에 전화를 걸어 발주를 부탁하며 김 특징과 장점에 대해 일대일 교육을 실시했다. 신상품이 모두 성공하면 좋겠지만 그런 일은 없다. MD가 관심을 가지는 정도에 따라 성공 확률이 변할 뿐이다.

공략한 지역 대표 점주가 대신 영업을 해줬다. 현장에서 같이 고민하는 사람의 목소리는 MD의 수만 번 발주 독촉 전화보다 효과가 있다. 발주가 시나브로 늘기 시작했다. 발주 속도가 빨라지기 시작하자 불과 며칠 사이에 시즌아웃. 내년을 기약해야 했다.

곱창김은 무한정 나오는 김이 아니다. 2004년 겨울 초였다. 아마도 내 기억으로는 이때 일반 유통업체에서 곱창김을 최초로 판매했다. 사람들이 향 좋은 것을 좋아한다고 느낀 최초의 상품이었다. 모양보다는 속내를 쫓아야 한다는 것을 알게 한 상품 중 하나이기도 하다.

요새는 곱창김을 재배하는 곳이 많아서 살 수 있는 곳도 많아졌다. 지방의 작은 포구에 가도 곱창김을 흔하게 볼 수 있다. 일반 김은 겨우내 채집하지만 곱창김은 두어 번 수확하면 끝난다. 쌓아놓고 팔 정도는 아니다. 그렇기에 '장난'을 많이 친다. 김을 만들 때 곱창김 조금에 돌김을 섞어 곱창김이라 하는 곳이 많다.

이런 곳은 생김을 먹어보면 바로 알 수 있다. 김이 입천장에 붙어 떨어지지 않는다. 하다 하다가 2021년 2월에는 곱창김 만드는 곳에서 사카린 장난까지 쳤다. 김 원초가공공장에서 김을 건조하기 전에 사카린을 넣었다고 한다. 김 가공업체 대부분이 관련되었다. 사실 곱창김은 사카린을 뿌리지 않아도 될 만큼 향과 맛이 뛰어나다. 하지만 심한 경쟁 속에서 살아남으려는 이들이 잘못을 저질렀다. 곱창김이 아닌 다른 김도 섞다 보니 단맛을 더하려는 속셈도 있었다.

김은 향으로 먹는 것이지 눈과 혀로 먹는 것이 아니다. 모양 좋은 것이 맛도 좋을 것이라는 생각, 이왕이면 다홍치마가 식품에서는 역효과를 낸다. 모양이 나쁘더라도 본

디의 향과 맛을 유지하는지를 봐야 한다. 코를 막고 먹으면 사과와 양파를 구별하지 못한다는 이야기는 들어봤을 것이다. 식품은 향이 살아 있어야 한다.

가끔 그런 생각을 한다. 좋은 향이 나는 사람이 되고 싶다는 생각. 사람들 중에도 그런 사람이 있다. 향기는 나지 않지만 분위기를 이끄는 사람. 잘나 보이려 하지 않더라도 왠지 눈에 들어오는 사람 말이다. 식재료의 향기를 찾아다니다 보면 언젠가 나한테도 향기가 나지 않을까 한다. 아직 수양이 부족해 향기는 나지 않지만 나는 그날까지 열심히 다니고 다닐 생각이다.

건강보조식품의 욕망

쿠팡에서 일할 때 경찰 조사를 받은 적이 있다. 어느 날 일하고 있는데 안내데스크에서 전화가 왔다. 경찰서에서 식품 담당을 찾는다는 전화다. 경찰이 찾는 이유는 뻔하다. 그중 어떤 문제일까 생각해 봤지만 딱히 떠오르지는 않았다. 협력업체의 원산지 표시 위반이나 재료를 속인 것 외에는 딱히 경찰이 찾아올 일이 없었다. 앞선 두 가지 경우도 날 찾아올 정도면 인지를 하고 있었을 텐데 아는 게 없었다.

접견실에 가보니 경찰 두 명이 있었다. 명함을 주고받는 의례적 인사를 나누고는 바로 본론에 들어갔다. 우리가 올린 수백, 수천 가지 상품 중 두 개가 과대광고로 적발됐다는 것이다. 문구를 보니 오해 살 만했다. 이러쿵저러쿵 이야기를 나눈다고 출석 명령서를 받았다.

다른 팀은 문제가 생기면 그 일의 담당이 책임을 졌다. 상표권이든 뭐든 담당이 경찰서를 들락거렸다. 하지만 나는 그렇게 배운 적이 없다. 팀장은 팀원을 조율하고 명령하는 자리다. 명령하는 권리가 있다는 것은 일에 대한 책임도 같이 져야 한다는 뜻이다. 명령만 하고 책임은 지지 않는다? 그거야말로 양아치나 하는 짓 아닌가. 경찰이 간 다음 담당을 불러 사유를 들어보니 그럴 만했다. 별다른 이야기는 하지 않았다. 이미 일어난 일로 미주알고주알 하면 시간만 아깝다.

회사에 보고하고 출석 요청을 받은 날, 사내 변호사와 함께 경찰서에 갔다. 담당 경찰과 이런저런 이야기를 나눈 끝에 부탁을 하나 받았다. 내가 잘 알 테니 몇 건만 제보해 달라는 이야기였다. 인터넷을 뒤져보면 과대광고가 차고 넘친다. 한 10분만 뒤져도 몇 건 바로 건진다. 건강식품 파는 곳은 오히려 찾기 힘들다. 특히 건강보조식품은 건강식품협회에서 광고 심의를 받기에 오히려 과대광고가 없다.

찾아보면 건강보조식품인 척하는 제품들이 있다. 가령 홍삼 제품을 보자. 홍삼만 든 것은 대부분 식품의 유형을 건강보조식품으로 받는다. 건강보조식품은 별도의 생산 시설에서 제조해야 한다. 일반 식품 공장에서 생산하면 불법이다. 불법을 피하고자 홍삼을 사용하고 다류(茶類)로 식품 허가를 받으면 일반 식품 공장에서 생산할 수 있다. 그런 제품을 찾으면 대부분 과대광고다.

과대광고란 사실 별것 없다. 이거 먹으면 '병이 낫는다', '예방한다', '간에 좋다', '위장 건강에 좋다' 등등 구체적 병명이나 신체 장기를 내세운다. 이런 문구들이 다류로 허가받은 홍삼 제품에 차고 넘친다. 엑스류, 약초류 등도 마찬가지다. 야관문 등 이상한 것들은 특히 더 그렇다.

경찰에 그대로 답변을 하고 나왔다. 몇 주 뒤 법원 판결은 '기소 유예'로 마무리되었다. 건강식품을 전부터 싫어했지만, 더 싫어졌다. 싫어하는 이유는 간단명료했다. 세상에 먹어서 건강해지는, 살이 빠지는 것은 없기 때문이다.

나는 건강식품, 건강보조식품을 믿지 않는다. 티브이를 돌리다 보면 나오는 건강식품 광고를 보면 예전에 누가 했던 말이 기억난다.

"저거 아마 내용물보다 포장비 원가가 더 셀걸요?"

"왜요?"

"금산하고 전국 여기저기 다니면서 홍삼박(홍삼에 들어 있는 성분들을 추출하고 남은 찌꺼기) 수거해서 다시 가공한 거라 원가가 거의 안 들어요. 포장지는 화려해야 하니까 비싼 걸로 신경 썼을 거예요."

한 박스 사면 괜히 두 박스 더 주는 이유가 있었다. 두 박스를 더 줘도 남는다. 판매하는 방송에 35~50퍼센트 마진을 주더라도 말이다. 건강식품의 원가는 판매 금액의 30퍼센트 이하로 보면 된다. 20만 원짜리가 있다고 치면 대략 6만 원 이하가 원가다.

2013년 레몬 다이어트가 '핫'했다. 관련 상품을 올리면 미친 듯이 팔렸다. 식사 대신 물에 가루를 타 먹으면 살 빠진다는 이야기. 당연히 빠질 것이다. 안 먹으면 빠지니까. 잠깐은 빠지겠지만 지속해서 굶기는 어렵다. 뭔가를 먹어서 뺀다는 것은 다 거짓말이다. 무엇을 먹었다고 살이 빠진다는 말을 믿으면 '바보 인증'이다. 다이어트는 공부와 마찬가지다. 꾸준히 해야 뭐가 돼도 된다. 벼락치기 공부는 한계가 있다. 다이어트도 마찬가지다.

초록마을에 근무할 때는 아예 건강식품 등록을 막았다. 부장이 지시해도 거부했다. 초록마을에서 판매하는 유기농 식재료나 가공식품을 먹는다는 것은 이미 식습관을 바꾸겠다는 의미다. 그런 곳에서 건강식품이나 건강보조식품을 파는 것은 자기부정이라 생각했다.

그런데 회사와 마진 문제로 1년 쉬었다가 다시 들어갔더니만 건강보조식품이 떡하니 입점해 있었다. 천연 비타민, 유기농 홍삼 등 내가 입점을 시키지 않았던 것들이 자리 잡고 있었다. 내가 없으니 팀원들은 부장의 지시를 따를 수밖에 없었다.

건강식품이 다 허망하지만, 개중 가장 허망한 것이 콜라겐 제품이다. 콜라겐을 먹으면 피부가 어쩌고저쩌고 하는 광고들. 콜라겐을 특별한 물질로 알고 있지만, 그냥 단백질 덩어리다. 먹으면 아미노산으로 분해가 된다. 콜라겐 먹는다고 피부로 가지 않는다. 아미노산으로 분해된 콜라겐은 우리 몸 어디로든 필요한 곳으로 간다. 이는 우유, 두부, 달걀을 먹어도 똑같다. 먹으면 소화되고 남는 찌꺼기는 똥이 된다.

바르는 것은 괜찮지 않을까 생각이 들지도 모르겠는데, 이 또한 아무 소용 없다. 콜라겐은 고분자 물질이라 피부를 통과하지 못한다. 피부 또한 외부의 오염을 막는 1차 방어선. 아무거나 통과시키지 않는다. 세균 바이러스가 쉽게 통과한다면 아마도 우리는 살아 있지 못할 것이다. 콜라겐 화장품을 바르면 촉촉해진다? 콜라겐 때문이 아니다. 화장품에 들어가는 수많은 화학 성분 중 하나가 작용한 것이다.

티브이 드라마에서 등장 인물들이 돼지껍데기나 닭발 먹으면서 소주를 한잔한다. 그러면서 누군가가 껍데기를 먹으니 피부가 촉촉해진다며 그럴듯한 말을 한다. 하지만 껍데기를 안주로 한 트럭 먹어도 소용없다. 게다가 소주랑 같이 먹는다? 다음 날 알코올 분해하면서 탈수 증상 때문에 피부가 더 푸석푸석해질 것이다. 콜라겐은 저분자든, 고분자든 마찬가지다.

돈이 차고 넘쳐 건강식품을 산다면 말릴 생각은 없다. 하지만 건강해지려고, 살을 뺄 생각으로 산다면 말리고 싶다. 그런 식품은 존재하지 않는다. 《동의보감》에 나왔다는 이야기를 많이 하는데 조선시대니 그럴듯하게 보이는 것이다. 약국이나 병원 혜택을 받지 못하는 사람들이 기댈 곳은 자연밖에 없었다. 못 먹어서 병이 난 사람한테 식사를 주면 기력을 회복한다. 그뿐이다. 그 시대에는 그게 맞았다.

지금은 《동의보감》에 기댈 것이 아니라 병원 찾고 약사 먹으면 된다. 굳이 비싼 돈 들여서 그럴 필요가 없다. 나는 식품 파는 곳에서 《동의보감》 운운하면 믿고 거른다. 식품은 맛있게 먹으면 그만이다. 그 이상을 기대하면 욕심이다. 욕심이 난무하는 곳에서 잘 자라는 것은 '사기' 밖에 없다.

해보면 안다

글을 쓴다. 내가 생각해도 말도 안 되는 일을 하고 있다. 2009년에 맛 칼럼니스트와 '따비 출판사' 사장하고 마포 일대에서 1년에 두어 차례 정도 술을 마셨다. 술 마시면서 두런두런 이야기를 나눴다. 가끔 그 자리에서 따비 대표는 나한테 글을 쓰라 했다. 그러면 나는 "내 주제에 무신 글" 하며 웃기지 말라고 했다.

거절은 했지만 같은 자리에 있던 칼럼니스트가 사실 부러웠다. 살면서 책 한 권 내는 사람이 몇이나 될까? '나도 그랬으면 좋겠다'까지였다. 내 주제를 잘 알고 있다고 생각했다. 나는 내가 글을 못 쓰는 줄 알았다. 마흔다섯 살

될 때까지 말이다.

2010년인가? 스마트폰이 나오기 시작했다. 사무실 직원들 중 제일 먼저 스마트폰으로 바꾸고 아이패드를 샀다. 그 덕에 페이스북을 시작했다. 페이스북을 하고 글을 쓰는 이들과 친분을 나눴다. 책을 낸 친구도, 낼 친구도 있었다. 개중에는 사진도 잘 찍는 친구도 있었다. 이들과 어울리면서 글이라는 것을, 사진이라는 것을 알게 되었다. 비문이 뭔지 처음 알았다. 주술이 왜 호응을 해야 하는지조차도 몰랐다. 그들이 시인 백석을 이야기 나눌 때 난 일산 백석을 떠올렸다.

내 글이 처음 지면에 실린 곳이 여성지, 〈우먼센스〉였다. 제주 올레길을 모델 삼아 만든 일본 규슈 올레길의 야메 코스 개장 행사에 참석한 이야기를 담은 글이었다. 그때 친구 구완회 작가가 내 글을 손봐줬다. 글을 써서 보여주면 그 친구는 빨간 펜을 들고 첨삭 지도를 해줬다. 그렇게 몇 차례 친절(?)하게 친구의 도움을 받아 지면에 실었다. 20만 원인가? 살면서 받은 최초의 원고료였다. 그 돈으로 딸내미 필요한 거 하나 사줬다. 그리고 나머지, 생애 최초로 받은 원고료는 한 잔의 술과 함께 사라졌다.

월간지에 글을 쓰고 얼마 지나지 않아 〈조선일보〉에서

연재 청탁이 들어왔다. 평소에 알고 지내던 기자였다. 친구들하고 의논했다. 내가 저 연재를 할 수 있을까에 대해서 말이다. 열에 열이 '불가'를 이야기했다. 출판사 따비 사장하고도 이야기를 나눴다. 여기서도 또한 '불가', 아직 그럴 만한 수준이 아니라는 것이다. 다른 형님들하고 이야기를 나눴는데 이들은 '너라면' 쓸 수 있을 것이라고 했지만, 결국은 거절했다. 신도림역에서 신정네거리역으로 가기 위해 지하철 갈아타다가 김성윤 기자에게 전화했던 순간이 지금도 생생하다. 어찌나 미안하던지.

1년이 지난 후 〈중앙일보〉의 안충기 기자가 전화했다.

"아무 말도 하지 말고 그냥 써!"

누구에게도 의견을 구하지 않고 무조건 썼다. 무모한 도전의 서막은 한 통의 전화가 시작이었다.

돌이켜 보면 페이스북을 통해 부지런히 글을 썼다. 지금 보면 웃기는 글이 대부분. 얼굴이 화끈거려 안 본다. 말도 안 되는 글을 그리 싸질러 놨는지. 누군가 그랬다. 쓴 글을 혼자 보면 일기, 같이 봐야 글이 는다고. 그렇게 시나브로 글 쓰는 사이 내공이 쌓였지만 나는 몰랐다.

〈중앙일보〉에 한국의 식재료에 대해 3주에 한 번 글을 쓰기로 했다. 분량이 A4 두 장 조금 넘었다. 한 면 가득 채워야 한다는 중압감이 있었고, 그보다는 두려움이 앞섰다. 내 주제에, 그것도 메이저 일간지에 글을 싣다니. 말이 안 되는 상황이었다. 하기로 했으니 약속한 날짜는 정확하게 지켰다.

글 쓰는 걸 배울 때 누군가가 그랬다. 첫 번째 원칙이 '납기 준수'. 지면에 실리는 필자 소개를 식품 MD로 했는데, 중앙일보 강혜란 기자가 식재료 전문가(덕분에 여전히 전문가로 불린다)로 했으면 했다. 식재료 전문가? 나보다 더 많이 아는 사람들이 있는데 무슨 전문가? 이 타이틀은 지금도 부담스럽다. 식재료 전문가, 작가로 불리는 것보다는 MD로 불릴 때가 가장 편하다. 식재료 전문가로서 글을 10회 정도 썼다. 그러면서 다큐멘터리에도 출연하고 티브이 예능 프로그램에까지 출연했다. 식재료 전문가로 만들어 준 덕분이다.

〈중앙일보〉 연재는 이상하게 끝났다. 끝날 즈음 〈시사인〉 연재를 시작했다. 딸과 밥해 먹는 이야기였다. 한 달에 한 번 연재였고 출판 계약을 하고 시작했다. 〈오마이뉴스〉에서는 매주 한 꼭지씩 식재료 관련된 글을 쓰기 시작했다. 매주 한 꼭지 마감이 쉽지는 않았다. 마감한 듯싶어

한숨 돌리면 다음 주에 무엇을 쓸까 고민하며 1년을 보냈다. 〈중앙일보〉와 〈시사인〉 연재는 1년을 못 채웠지만 〈오마이뉴스〉는 1년을 넘겼다. 이런저런 사정으로 중단됐지만 글 쓰는 연습이 된 연재였다.

〈오마이뉴스〉 연재를 하다가 우연히 〈경향신문〉 기자와 술집에서 만났다. 저쪽은 취재, 나는 술 마시러 갔다가 인사를 나눴다. 시간이 지나 술 마신 기억이 사라질 즘 연락이 왔다. 우연한 만남으로 시작된 이 연재가 지금 햇수로 4년이 넘어가는 '지극히 미적인 시장'이다. 한 달에 두 번 오일장을 다니면서 맛으로 가장 빛나는 곳을 우선 선정한다. 한번은 진도 출장 갔다가 취재가 불발된 적이 있었다. 오일장 날짜를 잘못 본 탓이다. 그래서 진도 대신 문경을 취재했다. 문경은 초겨울보다는 가을이 맛으로 빛난다. 그것 빼고는 맛이 빛나는 곳을 4년 넘게 찾아가고 있다.

연재를 거절하고, 연재를 시작한 7년 사이 책이 세 권 나왔다. 글을 쓰는 과정에서 여러 사람의 도움을 받았지만, 두 사람이 고맙다. 〈오마이뉴스〉의 이한기 국장과 《대통령의 글쓰기》의 저자 강원국 씨다. 이한기 국장은 내가 쓴 글에 대한 조언을 많이 해줬다. 글을 봐줬고, 첨삭까지 해줬다. 내가 준 글과 기사로 나왔을 때 글을 비교하면서 글쓰기에 관한 공부를 많이 했다.

어느 날 글이 늘었다는 생각이 들었는데 가만히 생각해 보니 《대통령의 글쓰기》 덕분이었다. 이 책 또한 한기 형이 자기가 보고 있다가 준 책이었다. 술 먹고 2차 가던 골목길에서 말이다. 이 책에는 수많은 글쓰기 관련 조언이 담겨 있다. 글쓰기에 도움이 많이 되었다. 글을 쓰려고 할 때, 무엇을 쓸지 먼저 결정한다. '아는 단어를 먼저 쓰고, 단어를 연결해 문장을 만들고, 문장을 연결해 문단을 만든다.' 이 문장을 읽고는 그대로 했다. 맨 처음은 이면지나 노트에 쓰고자 하는 주제를 적고는 관련한 단어를 썼다. 그리고 문장을 만들었다. 그러면서 진짜로 쓰고자 하는 문장을 정했다. 그렇게 하다 보니 책이 한 권 나왔다.

《딸에게 차려주는 식탁》은 아마도 그 책을 읽지 못했다면 나오기 힘들지 않았을까 싶다. 요즘 단어 중에 '성덕'이 있다. '성공한 덕후'의 줄임말이다. 《대통령의 글쓰기》 저자인 강원국 씨와 저녁 먹을 일이 있었고 그 자리를 빌려 덕분에 책을 냈다며 감사 인사를 전했다. 내가 사인해서 "덕분입니다"라는 인사와 책을 선물 드렸다.

지나고 보면 중간중간 많은 일과 여러 사람의 도움이

있었다. 27년 동안 식품 MD 일만 했다. 쿠팡을 퇴사하는 순간 내 인생 행로가 바뀌었다. 여전히 식품 MD로 살고는 있지만, 그 사이 '작가'라는 타이틀 하나가 더 붙었다. 고등학교 2학년까지 내 성적은 700명 중 400등이었다. 그나마 말썽은 안 피웠지만, 공부는 영 아니었다. 다섯 명의 친구와 어울려 다녔는데 그중 두 녀석이 반장이었다. 그 덕에 고3으로 올라가면서 공부를 시작했다. 결국 졸업할 때 내신은 4등급이었지만, 전체 석차 100등 이내에 들어갔다. 같이 공부해 준 친구들 덕이다.

10여 년 전 마포에서 술 마실 때 '나도 내 이름을 단 책을 낼 수 있을까?'라는 물음표만 있었다. 이미 소원은 성취했다. 여행책 두 권이 더 나왔고, 네 번째가 이 에세이다. 많은 이들의 도움과 가르침이 없었다면 난 뭐가 됐을까? 다 덕분이다.

세상에 못하는 것은 없다. 안 할 뿐이고 잘 못할 뿐이다. 날 보면 답이 보이지 않나? 45년 동안 글을 못 쓴다고 생각하고 살아왔는데 벌써 책이 네 권이다. 두 권 더 나올 예정이다. 해보기 전까지는 당신도, 나도, 아무도 모른다. 우리가 어떤 능력과 재능을 가졌는지 말이다. 해보면 안다.

에필로그

시장을 바꾸는 사람

세상에서 딱 하나만 먹고 죽으라고 한다면 무엇을 먹을까? 이 글을 읽는 당신에겐 쉽게 대답할 수 없는 질문인가? 난 답이 정해져 있다. 엄마의 만두다. 팔십 노모가 쓰러지신 지 꽤 오래됐다. 어느 정도 움직일 수 있게 회복되었지만, 쓰러지기 전 상태로 돌아오지는 못했다. 그나마 누나가 어눌해진 엄마 말소리를 듣고 바로 집 옆에 있는 병원에 모시고 간 덕에 뇌출혈이었음에도 그 정도로 끝났다. 누나 아니었으면 정말 큰일 날 뻔했다.

병원에 입원하기 전 부평에 있는 어머니의 집에 갔다가 돌아오려고 나서는데, 엄마가 검은 봉지를 내밀었다. 꽁

꽁 얼린 만두였다. 김장 김치가 익을 무렵이면 엄마는 피를 만들고 만두를 빚으셨다. 나는 신맛이 적당히 있는 김치만두를 제일 좋아한다. 가끔 여름에 호박 넣은 만두도 만드셨지만 김치만두가 제일이었다. 며칠 지나서 간식으로 만두를 구웠다.

만두를 먹다가 문득 이런 생각이 들었다. 이 만두를 언제까지 먹을 수 있을까? 지금 먹는 만두가 마지막 만두는 아닐까? 그러고는 얼마 지나지 않아 엄마가 입원하셨고 4년이 지났다.

어디서, 누가 만든 만두를 먹더라도 집는 순간 엄마 만두가 생각난다. 처가에서도 만두를 만들어 주긴 해도 입맛에 맞지 않았다. 엄마는 피를 밀었고 처가는 피를 샀다. 사서 하는 피와 만든 피는 식감부터 차이가 났다. 요새 인기 많은 만두를 사 보면 점점 더 피에 전분 함량을 높인 걸 알 수 있다. 그 덕에 피는 허여멀게지고 쫄깃함만 늘었다. 육즙(이 아니라 지방이지만)도 많아졌다.

2014년 쿠팡에서 일할 때였다. 버크셔 돼지를 접하고 나서 뒷다리살 재고 문제를 알았다. 돼지고기가 아무리 맛있어도 뒷다리는 재고로 쌓였다. 참으로 해결하기 어려운 문제였다. 그래서 만두를 기획했다. 시중에 있는 만두의 고기 함량을 우선 조사했다. 고기만두라 해놓고는 대부분 10퍼센트 미만이었다. 돼지고기 함량이 10퍼센트라고 해도 순살 함량이 얼마인지는 만드는 사람만 알았다. 돼지고기에서 나오는 어떤 것을 사용해도 돼지고기 함량에 속한다. 돼지고기 함량 10퍼센트를 비계로만 가득 채워도 국내산 돼지고기 함량이 100퍼센트가 된다.

간혹 티브이에서 햄 광고를 보다가 혼자 웃는 경우가 있다. 자사 제품은 순살 100퍼센트로 만들었다는 광고를 볼 때다. 타사와 비교하기 위한 광고 카피지만, 따지고 보면 자사 제품도 디스하고 있다. 프리미엄 제품으로 다른 부위를 사용하지 않고 순살만 사용했다면 그들이 만드는 다른 제품들에는 껍질, 피, 내장 등이 모두 들어 있다는 이야기가 되기 때문이다.

만두 제품을 기획하면서 염두에 둔 것은 '고기 함량'. 가격을 떠나 '최대한'의 함량이 목표였다. 그래서 만두 업체에 문의했다. 고기 함량 최대로, 비계는 넣지 말고, 이렇게.

돌아온 답변은 이랬다. 첫째, 비계를 넣지 않으면 만두소를 넣어주는 기계가 소를 밀지 못한다. 지방이 적당히 있어야 소가 정량대로 피 위에 떨어진다. 둘째, 비계까지 포함한 고기 함량은 28퍼센트가 최대다. 그 이상 넘어가면 기계가 소를 밀어내지 못한다. 두 가지 답변을 듣고서는 '그렇다면 고기 함량 28퍼센트에서 최소한의 지방 함량은?' 하고 물으니 중량의 15퍼센트가 마지노선이라는 대답이 왔다. 돼지고기 함량은 28퍼센트, 그중에서 15퍼센트는 비계, 고기 함량의 4퍼센트 정도 지방을 넣고 만두를 만들었다.

고기 함량 외에도 문제가 있었다. 피를 우리 밀로 해야 할지, 아니면 수입 밀로 할 것인지에 대한 고민이었다. 최종 제품은 수입 밀. 양도 많지 않은 OEM 입장에서 우리 밀까지 고집하기 어려웠다. 다만 나중에 생산하는 양이 많아지면 우리 밀로 해주겠다는 약속을 받았으나 8년이 지난 지금 아직 그대로다. 단종은 되지 않았으나 그렇다고 딱히 잘 팔리지도, 안 팔리지도 않는 그 상태다.

버크셔로 만들면 대박 날 것이라는 내 착각이 컸다. 버크셔는 나만 좋아했지 남들은 몰랐다. 그것을 무엇으로 만들든 만두일 뿐이다. 사람들은 만두 맛을 잘 보지 않는다. 그냥 '비비고'니까 사고, 저렴하니까 산다. 누가 맛있더라 하면 산다. 맛있게 만든 것은 먹어본 사람만 산다. 좀비처럼 죽지 않고 8년 동안 살아 있는 까닭이다. 버크셔 돼지고기는 참으로 맛있는 고기다. 고기 감칠맛이 뛰어나다. 그 고기로 만두를 만들면 '우주 최강' 만두를 만들 줄 알았지만 그 또한 착각이었다.

만두소는 간 고기를 사용한다. 고기를 갈면 고기의 특성은 사라진다. 그 점을 망각한 것이다. 간 고기는 다른 돼지고기와 맛이 비슷해진다. 지방의 맛이 다르긴 해도 굽거나 쪘을 때 확실하게 차이 나던 식감은 갈려지면서 사라졌다. 지방을 적게 넣으니 적게 팔렸다. 방송에서, 블로그에서 만두의 육즙, 육즙 하고 있는데 혼자서 반대 방향으로 갔다. "그건 육즙이 아니라 지방 녹은 것이다"를 외치며 말이다.

육즙을 강조하는 만두는 피에 전분이 많이 들어간다. 어떤 만두는 아예 전분으로 만들어 투명한 것도 있다. 만두피를 만들 때 전분을 많이 넣는 이유는 두 가지다. 하나는, 육즙이 많아져 밀가루만으로는 만두소의 수분감을 감당하기 어렵다. 두 번째로는, 전자레인지용 만두가 많아졌다. 전자레인지에 돌렸을 때 전분을 많이 넣어야 쫄깃한 맛이 난다. 쫄깃한 맛이라고는 하나 피가 진득거리는 식감은 진짜 질색이다. 버크셔 만두는 피를 찢어도 육즙이 흐르지 않는다. 보통의 고기만두라면 있어야 하는 것이 육즙인데, 없었다. 딱 퍽퍽하지 않을 정도만 넣었고, 다른 재료와 조화가 맞았다.

지방이 많이 들어간 만두는 먹어보면 처음에는 입에 딱 맞는다. 두 개, 세 개 먹다 보면 느끼함이 밀려든다. 네 개째 먹으면 후추 향이 갑자기 튀어나온다. 지방의 맛에 잠시 묻혀 있던 향이 나오는 것이다. 나는 그런 맛이 싫었다. 그래서 정반대의 상품을 만들었다. 짜고, 기름지고, 느글느글한 맛이 없는 게 버크셔 만두다. 남들과 다르게 만들었음에도 그럭저럭 팔렸다. 팔리는 게 용했다. 비계도 더 넣어 육즙(?)이 가득 보이게 만들어야 하는데……. 그래도 망하지 않았다. 지난 8년간 버크셔 만두를 사주신 분들께 이 자리를 빌려 감사 인사 드린다. 덕분에 여기까지 왔다고 말이다.

8년 전 만두 제품을 만들 때 손만두와 김치만두를 같이 할 예정이었다. 잘나갈 거라 생각했다. 세상이 내 예상대로 흘러가면 좋겠지만 그런 일은 극히 드물다. 예상이 빗나갈 때마다 우린 계획을 수정한다. 수정할 때 하더라도 빗나가는 정도를 줄이기 위해 연습하고 공부한다. 그래도 빗나가는 게 인생. 8년, 때를 기다렸다.

그러고는 오랜만에 만두 공장 대표를 만났다. 만나는 자리에서 조심스레 손만두와 김치만두 이야기를 꺼냈다. 매출이 별로라 조심스레 이야기했다. 만일 매출이 많았다면 내가 갑이다. 유통업체와 공급 사이를 갑과 을 사이라 한다. 대부분 유통업체가 갑일 듯싶지만, 아니다. 매출이 갑과 을의 지표다. 매출이 많은 쪽이 갑의 위치를 차지한다. 조심스러운 나의 문의에 만두 공장 대표는 화끈하게 답했다. "하지 뭐."

그다음부터 일사천리로 진행. 드디어 8년 만에 버크셔 군만두의 형제 만두가 탄생했다. 포장에 관한 디자인 아이디어부터 레시피까지 내가 했다. 돈은 판매 금액의 일정액을 받기로 했다. 돈을 떠나 이런 일을 하는 게 신나고 재밌다.

김치만두는 여전히 불만이 남아 있다. 개선할 점은 김치로 만들어야 한다는 것이다. 김치를 익혀서 만들어야 하지만 그렇게 못 하고 있다. 김치를 익혀서 소를 만들면 먹은 이들 중에서 상했다고 클레임 거는 경우가 많다고 한다. 즉석에서 만들어 주는 시중 만둣집의 김치만두 또한 사정은 비슷하다. 배추와 채소를 절여서 매운맛만 더해 김치만두라고 한다. 맛도 모르면서 클레임부터 거는 사람들 때문에 김치만두가 이상해졌다.

몇 년 내로 잘 익은 김치로 만들 생각이다. 진짜 김치만두 말이다. 새로 입사한 '그린랩스'에서는 비건 김치를 기획하고, 비건 김치라면을, 비건 김치만두를 만들고 있다. 비건이 많지만 내 콘셉트는 남들과 달리 건강과 환경이 먼저가 아니다. '맛있게'가 먼저다.

남들과 다른 일을 하는 나. 흐름을 바꾸는 나. 버크셔 손만두를 출시할 즈음 나를 표현하는 태그를 바꿨다. '#시장을바꾸는_MD'로 말이다.

생각해 보니 많지는 않아도 꽤 많은 것을 바꿨다. 식재료를 품종으로 찾도록 하고, 멸치에서 건조 과정을 생략해 새로운 식재료로 만들고, 탁한 돼지국밥 대신 맑은 돼지곰탕을 만드는 등등. 내가 했다고 해서 뭐가 바로 바뀌지는 않았겠지만, 시간이 지나 돌아봤을 때 그 시작점에서 한몫을 했다는 것이 좋다. 그래서 난 내 직업을 좋아한다.

시장을 바꾸는 자_식품 MD 김진영.

일하는사람 #009
맛있으면 고고씽

초판 1쇄 인쇄 2022년 8월 18일
초판 1쇄 발행 2022년 8월 30일

지은이 | 김진영
발행인 | 강봉자, 김은경

펴낸곳 | (주)문학수첩
주소 | 경기도 파주시 회동길 503-1(문발동 633-4) 출판문화단지
전화 | 031-955-9088(마케팅부), 9530(편집부)
팩스 | 031-955-9066
등록 | 1991년 11월 27일 제16-482호

홈페이지 | www.moonhak.co.kr
블로그 | blog.naver.com/moonhak91
이메일 | moonhak@moonhak.co.kr

ISBN 978-89-8392-983-9 03810